Santos populares argentinos

Alberto Julián Pérez

Riseñor Ediciones

ISBN: 978-1-7342-8530-7 (tapa blanda)
ISBN: 978-1-7342-8531-4 (libro electrónico)

Lulu Publishing Services rev. date: 01/21/2020

Riseñor Ediciones
Adress: P.O. Box 42071, Lubbock TX 79409
Phone Number: 806-224-7411
Legal Name: Riseñor Ediciones

Índice

Introducción 5

El Gauchito Gil 9

La Difunta Correa 36

El Angelito milagroso 63

El Mesías de la Villa 31 77

Introducción

Los escritores de la gauchesca interpretaron al gaucho desde la perspectiva de las clases letradas. No lo conocieron íntimamente. Poco sabían de su mundo espiritual y religioso. Sarmiento lo consideró un ser bárbaro y primitivo. Ascasubi y del Campo lo presentaron como un personaje pintoresco y limitado.

José Hernández criticó a los poetas que lo precedieron. Creía que se burlaban del gaucho. Su *Martín Fierro* denunció las injusticias que padecía la sociedad argentina de las campañas bajo las presidencias de Mitre y de Sarmiento. El gaucho malo que nos presenta en su libro es una víctima del sistema político injusto.

El culto al Gauchito Gil ha traído a primer plano un aspecto de la vida gaucha que los sectores letrados no supieron observar : su sentido religioso. El mundo rural posee una fuerte identidad espiritual. El gaucho no podía ser solo un bandido. El pueblo pobre, no letrado, aportó esta creencia, que se difundió progresivamente en todo el territorio nacional. No había en Argentina un culto a un gaucho santo.

El Gauchito es un personaje del imaginario cristiano. Su fe en Cristo modeló su vida. Se sacrificó por su dios, fue piadoso, realizó milagros, salvó a muchos pecadores.

Junto al suyo se ha difundido, en los últimos años, el culto a una Virgen gaucha : la Difunta Correa. Ella es la madre abnegada y la esposa fiel. Huye de su acosador y espera el regreso de su marido. No duda un momento en arriesgar su vida por amor a él. Escapa con su bebé en brazos y, ya muerta de sed, sigue alimentando al pequeño milagrosamente. El pueblo iletrado, nutrido de su propia cultura, supo unir los evangelios a la literatura gauchesca, que ya es parte de nuestra tradición. Y nos dio esta virgen gaucha, que la pequeña burguesía letrada no supo imaginar.

Tanto el Gauchito Gil como la Difunta Correa son personajes históricos y alrededor de ellos las clases populares crearon un culto colectivo. Ese culto creció con la fe. Se fueron conociendo sus milagros. El proletariado demostró a las clases letradas (la élite oligárquica y la burguesía prejuiciosa) que el gaucho, con quien los pobres se identifican, era algo más que un ser marginal degradado: había gauchos nobles y buenos, gauchos con fe, que estaban cerca de dios. No sólo la pequeña burguesía urbana es capaz de crear cultura. La cultura no es producto exclusivo de las clases letradas.

El pueblo le demostró a su burguesía que su cultura es limitada y clasista, defiende sus privilegios e ignora al otro. El proletariado concibió por sí mismo este vínculo entre su tierra, sus costumbres, su moral y su dios. Por eso la historia de la Difunta Correa y del Gauchito Gil tienen la fuerza del mito.

A esta joven familia santa del Cristo gaucho y de la Virgen madre algo le faltaba. El niño dios. Un niño dios argentino, nacido en un hogar humilde, como lo fue Cristo. El pueblo también lo ha encontrado. Ese niño dios nació en 1966 en un pequeño poblado de La Rioja. Se llamó Miguel Ángel Gaitán y murió antes de cumplir el año. Desde entonces no ha dejado de hacer milagros y sus fieles agradecidos peregrinan a Villa Unión a visitar su santuario. Allí pueden ver al angelito milagroso con su cuerpo intacto, preservado por el favor del creador.

La Difunta, el Gauchito Gil y el Angelito milagroso forman nuestra familia gaucha y paisana más reconocida y adorada por el pueblo. Cientos de miles de promeseros y peregrinos atraviesan el país cada año para rendirles culto. Sus altares están sembrados en las latitudes de la patria.

Nuestra literatura culta poco ha hecho aún por registrar estos fenómenos. En nuestra sociedad de clases escriben los hijos de los ricos y los pequeños burgueses educados. Un abismo los separa de la sensibilidad popular. Son clases que subestiman al proletariado. El menosprecio y el racismo hacen estragos en la sensibilidad de los sectores medios.

Yo he intentado en estas páginas contar y animar la vida de algunos de los personajes con que el pueblo ennobleció nuestra limitada cultura. Son santos populares, y mis historias hagiográficas testimonian sus circunstancias personales y sus milagros.

Me pregunté si no sería posible que aparecieran nuevos santos en el ámbito argentino. Son hijos de la fe del pueblo, me dije, y esa fe cada vez es más fuerte. Por eso quise, como estricta fantasía, imaginar el momento y las circunstancias en que se producía un fenómeno de esta naturaleza. Soñé que aparecía un nuevo santo, iba a vivir a la Villa 31 y allí dios se hacía presente por su intermedio. Así escribí « El Mesías de la Villa 31 » para contarles esto, que ojalá sea del interés de Uds.

Si bien el Gauchito Gil, la Difunta Correa y el Angelito Miguel Ángel Gaitán vivieron en el campo, su culto hoy no sería tan importante si no hubiera llegado a las ciudades. En los barrios pobres de nuestra grandes urbes prosperan sus santuarios. El proletariado hace su aporte a la cultura nacional. Yo, que quiero estar al servicio de ese pueblo, porque el intelecto sin la verdad popular es vacío, recibo e interpreto su mensaje.

Alberto Julián Pérez
Buenos Aires, 24 de diciembre del 2019.

El Gauchito Gil

Antonio Mamerto Gil Núñez nació en la estancia "La Trinidad", cerca del pueblo de Mercedes, o Pay Ubre, como él lo llamaba, el 15 de septiembre de 1844. Su padre, un gaucho oriundo del departamento de Goya, era peón de la estancia. Su madre, una china hija de madre paraguaya y padre correntino, había nacido en un pueblo cerca de la frontera con Paraguay. Era una mujer muy linda, de ojos negros y pelo lacio y renegrido, que se recogía en dos trenzas. Su padre se la llevó de su tierra a Pay Ubre, donde tenía trabajo. Era un hombre muy respetado en la zona. Se lucía en los rodeos, era buen jinete y arreaba con el silbido y el lazo en los terrenos más difíciles.

Antonio, que tenía la cara linda de su madre y ojos muy negros, se quedaba con ella en el rancho cuando su padre salía a trabajar. Su hermano mayor, que le llevaba seis años, lo acompañaba a los rodeos y las yerras. Su madre le hablaba a Antonio en castellano y en guaraní. Él podía comprender la lengua indígena, pero no la aprendió a hablar bien.

1850 fue un año difícil en Corrientes. La guerra civil no terminaba nunca, se sucedían los combates, y los gauchos seguían a sus caudillos. No ir era de cobardes y de flojos. Los paisanos se preciaban de su coraje y no aguantaban una mancha en su reputación.

Su padre se fue a la guerra y no regresó. Les dijeron que lo habían muerto en un entrevero con los soldados de un comandante entrerriano. La madre quedó sola con sus hijos en el rancho de adobe. El patrón de la estancia, Don Indalecio Santamaría, cuando supo que el gaucho Gil no había vuelto de la patriada contra los entrerrianos, le pidió a su mujer que los ayudara, como correspondía. Don Indalecio protegía a su gente en momentos difíciles. Al hijo mayor, que era fuerte y hábil como lo había sido su padre, aunque joven todavía, le dio trabajo en su estancia como peón. Su señora, Doña Catalina, llevó a la china a trabajar a la casa. Ayudaba en la cocina y hacía la limpieza. Le dieron un cuarto en una vivienda vecina al caserón de la estancia para que se alojara junto a su hijito, con el personal de servicio. Su hijo mayor dormía en el galpón de los peones. Antoñito, que era un niño muy menudito y tranquilo, hacía mandados y ayudaba en lo que podía. Cuando no tenía tarea, jugaba solo en el corredor de la casa.

El casco de la estancia de "La Trinidad" era grande, trabajaban allí más de treinta personas, entre peones y sirvientes. Había también tres esclavos negros, un hombre y dos mujeres, que servían en la casa. La señora del patrón, que tenía tres hijos, hizo venir a una maestra de Corrientes para que les enseñara a leer y escribir. Por la mañana, después del desayuno, la maestra se sentaba con los niños bajo la enramada, y allí les hacía aprender el alfabeto, y les enseñaba a deletrear y a escribir. Antoñito miraba con curiosidad e interés. Doña Catalina, viendo esto, le pidió a la maestra que le enseñara también a él. Antoñito, que era despierto e inteligente, aprendió a leer y escribir con gran facilidad, antes que los otros niños. Estos le agarraron envidia y lo acusaban de todo tipo de cosas para que su madre lo castigara. Le decían que les robaba los dulces y les pegaba. La señora de la estancia no les creía y miraba al niño con simpatía.

En el 51 llegaron noticias del pronunciamiento de Urquiza. El dueño de la estancia era federal y la situación le preocupó sobremanera. Los unitarios conspiraban contra el país. Rosas había mantenido a los franceses y a los ingleses alejados de la frontera, acorralados en la ciudad vieja de Montevideo, durante muchos años. Don Indalecio era un estanciero próspero y se había enriquecido con la política de Rosas. Todos los años arreaba sus animales hacia el sur y los vendía en Buenos Aires a los saladeros, que preparaban charqui para los mercados de esclavos del Brasil. También tenía comercio de cueros, que embarcaba en el puerto de Corrientes. Hacia allá salían sus carretas cada tantos meses. El hombre se fue con sus peones gauchos a Buenos Aires, a defender a Rosas, siguiendo a un comandante amigo y no regresó en muchos meses.

Cuando volvió se supo que había caído mucha gente en la lucha. Rosas había sido derrotado en Caseros y se había ido del país. El General Urquiza, de Entre Ríos, había quedado al frente de la Confederación. Habían llegado al país muchos brasileños y otros extranjeros. Al poco tiempo, la maestra que les enseñaba a los chicos regresó a Corrientes. No vinieron más maestros a la estancia. A veces, la esposa del patrón, por la tarde, se sentaba en la enramada con los niños y les hacía leer la *Biblia* en voz alta. Si Antoñito estaba allí le pedía que leyera. El niño prefería el *Génesis* y el *Evangelio de San Juan*. Leía de corrido, con voz clara. A diferencia de los otros niños, casi nunca se equivocaba. Pronunciaba con cuidado, dándole a cada frase un énfasis especial.

La madre de Antoñito continuó trabajando en la cocina. Era una mujer atractiva y los gauchos la cortejaban. Le decían piropos y cumplidos, que ella no respondía. Finalmente aceptó a un enamorado, Juan Prieto, un gaucho rumboso que usaba aperos llamativos y se emborrachaba cada vez que había baile. Al hombre le molestaba que el niño estuviera siempre entre él y la mujer. Le dijo a la madre que Antoñito estaba muy apegado a sus polleras y que tenía que hacerse hombre. Ya había cumplido once años. El tenía un peón amigo que podía llevarlo al campo, para que aprendiera a trabajar con los animales y se hiciera gaucho.

Lo mandaron con Pancracio, un gaucho de pelo largo y vincha, que era famoso por su habilidad con el cuchillo. Pancracio se encariñó con Antoñito, le enseñó a amansar caballos, a arrear el ganado, a marcar, a carnear y a cuerear. También le enseñó a vistear. En esos pagos había que saber defenderse. Lo llamaba Gauchito en lugar de Antoñito. "¿Gauchito cuánto?", le preguntó alguien. "Gauchito Gil", respondió el muchacho y ya le quedó ese nombre.

Cada tanto el Gauchito regresaba a los pagos a visitar a su madre, que se fue a vivir a un rancho con el gaucho Juan Prieto. Una vez que llegó se dio cuenta que estaba embarazada, iba a tener un hermanito. El niño nació prematuro y murió enseguida. Su madre perdió mucha sangre en el parto y al poco tiempo moría ella también. El Gauchito amaba profundamente a su madre y la pérdida le causó un gran dolor. La enterraron en un camposanto en Pay Ubre. A los dieciséis años se había quedado huérfano.

Al tiempo el patrón envió a Pancracio con un encargo a Corrientes y el Gauchito se fue a trabajar como ayudante de un cazador que vivía en los esteros. Se llamaba Venancio. Cazaba aves y vendía sus plumas más finas, que eran muy apreciadas. Casi nadie, entre los gauchos, tenía fusil, que era un arma de los ricos. Cazaban con trampas y con bolas. El Gauchito se hizo un cazador diestro. Podía bolear a los patos en el aire. En los esteros andaban en canoa. Atravesaban grandes peces con lanza y los comían asados. Dormían en una choza de junco que se habían armado. El Gauchito se enamoró del paisaje, de sus sonidos y de las noches estrelladas. Venancio se había criado en la frontera con Paraguay y sabía poco castellano. Le hablaba casi siempre en guaraní. El Gauchito le entendía y le respondía en castellano.

A los dieciocho años el Gauchito decidió volver a la estancia. Le dijo a Venancio que quería andar por su cuenta y se despidió de él. Regresó a "La Trinidad", donde había crecido, y le dijo al patrón que estaba buscando trabajo. Poco después Don Indalecio lo llamó. Un amigo suyo había muerto en una batalla grande en el arroyo Pavón, en Santa Fe, y su esposa, que había quedado sola, necesitaba ayuda en su campo. Don Indalecio sabía que el Gauchito era un muchacho listo e inteligente. Le dio una carta y lo envió a "La Estrella", cerca de Mercedes.

La viuda lo recibió. Era una mujer de unos treinta años, hermosa, y de cuerpo algo grueso. Se llamaba Estrella, como la estancia. Su marido le había puesto ese nombre en honor suyo. Desde un primer momento el Gauchito le llamó la atención. Era un muchacho bajito, con cara de niño. Aparentaba menos edad que la que tenía. Después de hacerle algunas preguntas, le ofreció el trabajo. El capataz lo puso a cargo de una cantidad de animales. Era buen jinete y sabía seleccionar y apartar el ganado. Los arreaba a las aguadas y a los pastizales.

Un día, en un fogón, un gaucho grandote se burló de él. Los otros se rieron y el Gauchito se ofendió. Lo desafió a pelear y desenvainó su cuchillo. El grandote sacó el suyo y se trenzaron. El capataz se interpuso y los desarmó. Les dijo que en la estancia, por orden de la patrona, estaban prohibidas las peleas y los hizo azotar.

Los gauchos arreaban con el rebenque y el lazo. El Gauchito

prefería las boleadoras. Como era bajo, se las ataba alrededor del pecho, en lugar de la cintura. Decía que le resultaba más cómodo. El capataz lo mandaba en persecución de las reses que escapaban y las inmovilizaba con un tiro de bolas. Una vez que estaban en el monte boleó a un jabalí. Los otros gauchos festejaron su hazaña. Comieron el jabalí asado a las llamas. Lo abrieron en dos, lo clavaron en una cruz de hierro, hincaron la cruz en la tierra, lo cubrieron con una montaña de ramas de espinillo que juntaron e hicieron una enorme fogata. Pocos minutos después extinguieron el fuego. La carne estaba a punto.

A los veinte años se dejó crecer el bigote para parecer más grande. Tenía un rostro bondadoso y ojos penetrantes. Muchos lo consideraban afeminado y lo miraban con sorna. Como buen correntino, respetaba las creencias de su tierra. Se hizo grabar en el esternón un tatuaje de San La Muerte a punta de cuchillo. San La Muerte lo protegía de las alimañas peligrosas cuando estaba en el monte y en los esteros. Había ocelotes, víboras y yacarés. Sus fieles creían que los protegía también de los peligros de la guerra. Las luchas civiles asolaban la región. Cada dos por tres venían a buscar gente para alguna refriega. El Gauchito no había ido a la guerra todavía, pero sabía que en algún momento le iba a tocar.

Por la noche, si no andaba lejos, en un arreo, regresaba a la estancia. Dormía en un galpón de techo alto, junto a los otros peones. Las noches de luna salía a contemplar el campo. A la patrona, Doña Estrella, le gustaba sentarse en el corredor de la casa. La mujer lo observaba y se empezó a interesar en él.

Algunas veces, cuando lo veía por las noches, la viuda lo llamaba para hablar. Le preguntaba por sus cosas. Cuando supo que sabía leer, le pidió que le leyera la *Biblia*. Lo hizo pasar a la casa y leyó a la luz de la lámpara. La escena se repitió con cierta frecuencia. Lo convidaba con cognac o ginebra. El Gauchito, que era muy tímido, hacía todo lo que ella le decía. Un día pasó lo inevitable. La señora, que lo deseaba, lo empezó a acariciar y lo besó. Después se lo llevó al dormitorio e hicieron el amor. El Gauchito era un muchacho tierno y apasionado. La mujer se enamoró de él. El Gauchito se dejaba hacer. Al tiempo ya casi no iba a dormir al galpón. Los demás peones lo empezaron a celar. Se dieron cuenta que tenía tratos íntimos con la patrona.

Poco después llegaron a la estancia dos hermanos de Doña Estrella. Durante varios días el Gauchito no se acercó a la casa. Uno de los hermanos vestía uniforme militar. El otro usaba ropa de ciudad. Vivían en Corrientes. Días más tarde vino de visita el Capitán Alvarado. Era pretendiente de Doña Estrella y un hombre influyente, oficial del Ejército y Jefe de la Policía de Mercedes. Tenía como cuarenta años, era alto y de porte marcial. Era amigo del Gobernador y en la región le temían.

El Capitán empezó a venir seguido por las tardes. La señora le pidió una vez al Gauchito que les cebara mate, y allí pudo ver a todos de cerca. No sabía por qué los hermanos de Estrella habían ido a la estancia. Estaba preocupado, pensaba que quizá quisieran aprovecharse de ella, que era tan rica.

Cuando se fueron los hermanos la situación se normalizó. El Capitán la visitaba de vez en cuando durante el día y salían a pasear a caballo, o ella lo invitaba a almorzar. También les gustaba tomar mate juntos en el corredor de la casa. Pasaban tiempo solos en el interior de la vivienda, pero el Capitán no se quedaba por las noches en la estancia.

Doña Estrella estaba infatuada con el muchacho. Lo invitaba por la noche a la casa. Le gustaba bañarlo en una tina, perfumarlo y luego llevarlo a la cama y jinetear encima de él. El Gauchito era de piel blanca, sin vellos, y su cuerpo era más pequeño que el de ella. Doña Estrella lo acariciaba, jugaba con su bigote y le decía que lo quería. El Gauchito se fue enamorando de ella. Nunca había estado con una mujer antes.

Los otros peones miraban con envidia la relación del Gauchito con la patrona. Alguien hizo llegar al Capitán los rumores sobre las visitas nocturnas del muchacho a la viuda. Al tiempo regresó a la estancia el hermano militar de Doña Estrella. Se quedó allí varios días. Venía de la guerra. Los dos, aparentemente, hablaron de negocios. Después vino el Capitán. El Capitán lo mandó llamar al Gauchito. Le dijo que se venían malos tiempos, y que él iba a tener que internarse en el monte con un rebaño de ganado. Doña Estrella asintió. Había guerra y no querían que les confiscaran todos los animales.

El Gauchito, junto con otros peones, se llevaron los animales al monte. Allí vivieron por varios meses. Cuando volvieron a la estancia los recibió el Capitán Alvarado. No pudo ver a Doña Estrella. El Capitán le dijo al Gauchito que iba a vivir en un puesto algo alejado de la casa, y que no abandonara el sitio si él no lo autorizaba. El muchacho, que extrañaba a su amante, merodeaba por las noches los alrededores del casco. Intentó acercarse y dos policías que estaban vigilando se le echaron encima. Se cubrió la cara con el pañuelo, sacó el facón y les hizo frente. Hirió a uno y logró escapar. Al día siguiente el Capitán lo vino a buscar con dos policías y se lo llevaron detenido. Lo acusó de tratar de robar en la casa y de herir a un policía. El Gauchito negó que hubiera sido él. Lo hizo azotar y estaquear. Lo dejó un día tendido al sol. Doña Estrella, que se enteró, vino a pedir por él. Dijo que era un buen peón y que debía perdonarlo. El Capitán no quería entrar a competir con el muchacho. Le ordenó que se fuera lejos, que no volviera a la estancia. Era sospechoso de haber herido a un policía y si regresaba podía irle muy mal.

Estaban reclutando gente para la guerra contra el Paraguay. El Gauchito lo vio como una oportunidad para probarse. Era 1866, ya había cumplido veintidós años. Fue a Corrientes y lo destinaron a un cuerpo de infantería. La guerra se peleaba en los esteros y el Gauchito conocía ese tipo de terreno. La vida militar no era lo que pensaba. Había que pasarse mucho tiempo en el campamento, esperando órdenes. Se aburría. Se hizo de varios amigos. Eran casi todos gauchos como él. Los oficiales hablaban poco con ellos, venían de las ciudades del litoral.

Había un soldado que era diferente a los demás. Andaba siempre con una carpeta. La apoyaba donde podía y se ponía a dibujar. Hacía croquis y dibujos del campamento y los alrededores. También dibujaba a otros soldados, en diferentes posiciones. Ponía el lápiz delante de la vista para tomarle el tamaño a las cosas y calcular las distancias. Le decían Cándido. Peleó junto a él en la batalla de Sauce. En la batalla de Curupaytí lo hirieron mal y perdió el brazo derecho. El Gauchito lo vio cuando lo llevaban al hospital de campaña. El otro lo reconoció también. Le dijo que no iba a poder dibujar más ni pintar. El Gauchito le respondió que si realmente era pintor, iba a aprender a pintar con la otra mano. El muchacho lo miró agradecido.

Los porteños se quejaban por los rigores del clima. Hacía calor y humedad, y había muchos insectos. Los soldados se enfermaban. Tenían que luchar en las peores condiciones. Curupaytí fue una verdadera carnicería. Les dieron orden de avanzar por los esteros contra las posiciones del enemigo, pero no llegaban nunca. Los que morían quedaban semihundidos en el agua. Durante la batalla el Gauchito se extravió. Cuando llegó la noche se ocultó en un terreno más elevado y seco. Agotado se durmió. Lo despertaron ruidos de hombres que se acercaban. Hablaban en guaraní. Se dio cuenta que eran soldados paraguayos. Agarró su fusil y preparó la bayoneta para defenderse. Se quedó quieto. Los otros pasaron a varios metros de él y no lo vieron. Decían que eran hombres del Capitán Ayala y que los argentinos estaban casi derrotados.

A la mañana pudo regresar a sus posiciones. La batalla se prolongó varios días más y, tal como decían los paraguayos, los argentinos perdieron.

Pero eran muchos. Pasaron los meses y la guerra se empezó a inclinar del lado argentino y sus aliados brasileños y uruguayos. Llegó a su Regimiento un oficial periodista. Era Capitán. Había combatido en Sauce y en Curupaytí, donde lo habían herido. Al Gauchito le llamaba la atención verlo leer y escribir. Un día se acercó a él para observar lo que escribía. El otro le preguntó si podía entender lo que decía allí. El Gauchito le dijo que sí, que sabía leer. El Capitán se sorprendió. Los gauchos eran casi todos analfabetos. El Gauchito le dijo que había aprendido a leer en la estancia de sus patrones, donde su madre era la cocinera. El otro se presentó, era el Capitán Mansilla y trabajaba para un diario de Buenos Aires, *La Tribuna*. Cumplía además funciones militares. Le preguntó si le quería ayudar. El Gauchito le dijo que sí. Le pidió que pasara en limpio los artículos que escribía. El Gauchito tenía una letra muy clara y perfilada. Escribía en una mesa de campaña, junto a la tienda del Capitán. Se pasaba horas trabajando y casi dibujaba cada letra. Mansilla le preguntó si había leído libros. El Gauchito le respondió que la *Biblia*. Mansilla le preguntó si algún otro. El Gauchito le dijo que no.

Se hizo inseparable del Capitán y lo seguía a todos lados. Mansilla le pedía que le leyera en voz alta los diarios que le llegaban de Buenos Aires. Estaba en contra del gobierno, no quería al Presidente y criticaba la dirección de la guerra. Las crónicas que escribía analizaban la situación con un tono negativo y pesimista.

Su Regimiento estuvo estacionado varias semanas sin moverse. Mansilla se aburría de la vida en el campamento. Por fin recibieron órdenes de adelantar sus posiciones. Todo el Regimiento marchó y se ubicaron más cerca del enemigo. Hicieron terraplenes para protegerse de las balas y cavaron trincheras. Mansilla tenía un gran sentido del humor y le gustaba hacer bromas y contar chistes a sus soldados. Las horas eran largas y no había mucha acción. Los paraguayos tenían pocas municiones y casi no disparaban. Era una guerra de nervios. Estaban siempre observando al enemigo y esperando.

Mansilla les propuso cargar a la bayoneta, pero el Mando superior se opuso. El Capitán regresó a su puesto furioso y se subió encima de los terraplenes. Empezó a agitar los brazos. Los paraguayos le gritaban cosas. Los argentinos respondieron. Algunas balas paraguayas picaron sobre las fortificaciones. Le pidieron a Mansilla que bajara, antes que lo hirieran. Él empezó a reírse a carcajadas. Se bajó los pantalones y les mostró el culo a los paraguayos. Los soldados empezaron todos a reírse. Esa tarde terminó sin mayores incidentes. Mansilla había sido el héroe del campamento.

Días después avanzaron y desalojaron a los paraguayos de su posición. Tuvieron que cargar de frente contra el enemigo. Hubo muchos muertos. El Gauchito vio como un soldado paraguayo se le venía encima. Logró hacerse a un lado y lo atravesó con la bayoneta. Mientras estaba expirando el paraguayo lo miró a los ojos. Era un muchachito de no más de quince años. El Gauchito le sostuvo la cabeza y el otro murió en sus brazos. Siguió peleando, pero esa noche no pudo olvidarse de la mirada del joven soldado moribundo.

La guerra siguió su curso. A su Regimiento de a poco lo fueron diezmando. Ya no quedaban ni la mitad de los hombres. Lo hirieron en un hombro y lo mandaron a la retaguardia. Lo atendieron y lo vendaron unas mujeres que hacían de enfermeras, hasta que recuperó las fuerzas. Cuando volvió al frente ya Mansilla no estaba, lo habían hecho regresar a Buenos Aires.

Al mes siguiente enviaron a su Regimiento a Corrientes y lo acuartelaron. Su unidad permaneció allí durante varios meses, hasta que terminó la guerra. Licenciaron a todos y les dieron unos pocos pesos para que volvieran a sus pagos. Cuando el Gauchito llegó a Pay Ubre se enteró que Doña Estrella, la patrona, se había casado con el Capitán Alvarado. Este se había retirado de la policía y ahora administraba la estancia. El Capitán recibió con desagrado la noticia del regreso del Gauchito. Sospechaba lo que había pasado entre él y su mujer.

El Gauchito consiguió trabajo en un campo. Atendía a los animales. Los llevaba a las pasturas y las aguadas. Tenía un buen caballo y salía a galopar por las tardes después del trabajo. Sintió tentación de acercarse a la estancia de Doña Estrella, pero no lo hizo. Le costó mucho adaptarse otra vez a la vida de peón. La guerra lo había cambiado. Tenía pesadillas por las noches. Veía los ojos del muchachito que había atravesado con la bayoneta y había muerto en sus brazos. Se despertaba angustiado.

Un día lo vino a buscar la policía al campo donde trabajaba. Era el año 1871. Le dijeron que no lo querían en el pago. Las cosas estaban difíciles, había muchos cuatreros y le convenía irse de allí. El Gauchito entendió, pero no hizo caso. Al tiempo se enteró de que en Corrientes se habían levantado contra el gobierno. El Jefe de la policía se presentó en la estancia y dijo que pronto llegaría un Comandante a buscar soldados para la guerra civil, y que se prepararan para luchar. El Gauchito sintió que no tenía nada que ganar y que realmente no quería pelear en otra guerra. Para él los hombres eran todos hermanos, aunque vivieran en distintas provincias o países. Esa noche tuvo un sueño. Se le apareció Cristo, rodeado de una luz blanca. Tenía un rostro de aspecto adolescente. El reconoció los ojos del soldado paraguayo muerto. Dios le habló en guaraní y le dijo que el hombre no debe derramar la sangre del hombre. Le pidió que rezara a San La Muerte para que lo protegiera.

Al otro día llegó una partida de soldados. El Comandante explicó que ellos eran azules liberales y estaban en contra de los autonomistas. Les ordenó que se alistaran, se los llevaban a todos a pelear. Tuvieron que seguirlos. Hicieron una gran redada en varias estancias sin preguntar a los peones de qué parte estaban. Los obligaron a ir con ellos. Los gauchos eran todos federales y colorados. Siempre habían visto a los liberales como enemigos. Dos compañeros le vinieron a hablar. Quedaron en huir esa noche y escapar hacia los esteros. No los encontrarían. El Gauchito conocía muy bien el terreno y sabía como vivir allí.

Se fugó con los otros dos. Eran desertores y tendrían que andar como gauchos fugitivos. Se perdieron en los Esteros del Iberá. En una isleta hicieron una choza y se quedaron a vivir allí. Uno de los gauchos, Francisco Gonçalves, era mestizo, hijo de padre brasileño y madre correntina, y el otro, Ramiro Pardo, criollo. Se pasaron muchos meses pescando y cazando en los esteros, esperando que terminara la guerra civil y hubiera paz.

Francisco llevaba en su montura una *Biblia*. No sabía leer. Cuando se enteró que el Gauchito sí sabía, le pidió que le leyera los Evangelios. Todos los días por la tarde leía un rato en voz alta y los otros escuchaban. Les interesaba sobre todo el relato de la pasión, cuando entregan a Cristo y lo crucifican. Decían que el mundo estaba lleno de traidores.

Había transcurrido un año por los menos, y el Gauchito se atrevió a dejar su escondite para buscar noticias. Enfiló hacia una zona poblada y se detuvo en una pulpería. El dueño le dijo que la guerra había terminado. Compró yerba y ginebra. Vio encima de unas barricas unos cuadernos impresos. Tomó uno y lo hojeó. El cuaderno decía *El gaucho Martín Fierro*. Estaba en verso. El pulpero le explicó que lo había escrito un periodista de Buenos Aires y lo vendía por unos pocos centavos. Se llevó uno. Le dijo al pulpero que era cazador y quería vender pieles y plumas. Le preguntó si se las compraba. Este mostró interés. El Gauchito prometió volver con una carga.

Regresó a los esteros. Sus compañeros de aventura quedaron encantados con la noticia del fin de la guerra. Podían dedicarse tranquilamente a cazar nutrias y garzas. Les gustó mucho el libro que trajo el Gauchito. De ahí en más lo preferían a la *Biblia*. Todas las tardes les leía unas estrofas del *Martín Fierro*. Ellos habían escuchado a los cantores payar en los fogones y en las pulperías. En las estancias siempre había una guitarra para el que quisiera improvisar. Pero nunca habían oído versos tan lindos. Le pedían que les leyera las estrofas una y otra vez. También discutían lo que el libro decía y se hacían preguntas.

Estaban de acuerdo que en el pasado los gauchos habían sido más felices que en esos momentos. Muchos paisanos tenían su campito, sus vacas y su tropilla. Trabajaban en las estancias y nadie los molestaba ni los perseguía. "Eran otras épocas - dijo Francisco - Eran tiempos de Rosas". El Gauchito recordó que el Capitán Mansilla siempre le decía que ya no quedaban criollos, y que por culpa del gobierno iban a desaparecer los gauchos. Después de la caída de Rosas habían venido malos tiempos. Francisco dijo que a su padre un Comandante le quitó la tierra. Al de Ramiro lo habían perseguido para sacarle la mujer. Lo mandaron a la frontera de Córdoba, a luchar en los fortines. Su madre se había ido a vivir con un Sargento y a él lo enviaron lejos a trabajar de boyero. Ya no volvió a ver a su madre.

A todos les gustó que Martín Fierro se defendiera. Era muy hombre. El ejército era una desgracia. Los oficiales eran unos ladrones que dejaban al gaucho en la miseria. Cuando el

Gauchito les leyó los versos en que Martín Fierro desertaba todos se identificaron con él. Celebraron también la parte en que luchaba con la partida y el Sargento Cruz se ponía de su lado. Para ellos la amistad era algo sagrado, un gaucho no debía abandonar a otro gaucho, mucho menos si estaba en peligro.

Se quedaron juntos varios meses más. Cazaban aves acuáticas y guardaban las plumas; también atrapaban nutrias y otros animales salvajes y conservaban los cueros. Cada tanto el Gauchito iba a la pulpería con los tres caballos cargados. Volvía con dinero y con noticias. Se repartían el dinero y lo guardaban en el cinturón. En 1874 hubo una nueva guerra civil. Las aguas estaban revueltas. Sus dos compañeros pensaron que era un buen momento para tratar de regresar, mezclarse con la población y abrirse camino. La policía estaba entretenida y ocupada con la leva. El Gauchito prefirió quedarse un poco más y le pidió a Francisco que le dejara la *Biblia*. El otro accedió. De todos modos, no sabía leer. Se despidieron. Los dos enfilaron hacia el sur de la provincia.

Antes que los gauchos Gonçalves y Pardo llegaran a Goya una partida los detuvo. Los acusaron de ser ladrones y cuatreros. No los juzgaron. Cuando supieron que eran desertores decidieron ajusticiarlos. Uno dijo que los llevaran a Goya y los mataran allá. Pero no quisieron tomarse el trabajo de llevarlos prisioneros. Los fusilaron al costado del camino. El Gauchito nunca supo que sus amigos habían muerto. Se quedó viviendo en su isleta, en los esteros. Se sentía bien solo.

Desarrolló una intensa vida espiritual. Leía *El gaucho Martín Fierro* y la *Biblia*. Pasaba mucho tiempo meditando.

Por las tardes, cuando caía el sol y el cielo se teñía de rojo, se tendía en el suelo y se concentraba en un punto en el centro de su frente. Empezó a tener visiones. Conversaba con San La Muerte. Se le aparecía su esqueleto y le decía que lo protegía y velaba por él. El Gauchito contestaba que no tenía miedo de morir. Él quería ver a Dios un día. Sintió que todo eso que pasaba era una preparación para otra cosa. En algún momento tenía que volver al pago que había dejado, y para ese entonces él sería otra persona. También se le apareció el adolescente paraguayo que había matado en la guerra. El Gauchito le prometió que ya no iba a derramar más la sangre del hombre. Finalmente, en 1875 se decidió a dejar su refugio.

Llevaba una cierta cantidad de dinero que había ahorrado con la venta de plumas y cueros. Iba muy prolijo. Se afeitó la barba con su facón y se dejó el bigote. Tenía un facón con mango de asta de ciervo, muy valorado. Iba con sus boleadoras atadas al pecho. Era un cazador consumado y no moriría de hambre mientras tuviera sus bolas. Se mantuvo alejado de los lugares en que había vivido o que antes frecuentaba. Cuando se sentía convencido de que no había pasado por esos pagos, se animaba a acercarse a los caseríos. Se detenía en el rancho de algún paisano y le pedía hospitalidad. Encontró que el campo estaba menos poblado que antes, había muchas taperas. No eran buenos tiempos para los gauchos. Como lo veían con poncho rojo, le preguntaban si era federal, y él no lo desmentía. Decía que era, como todos los pobres, defensor de los gauchos.

Una vez se acercó a un rancho y encontró una situación desoladora. Vivían en él un gaucho, su china y sus dos hijos. Un hijo estaba muy enfermo. Tenía una fiebre que lo consumía. Su cuerpo estaba lleno de llagas y bubones. Hacía días que estaba inconsciente, y esperaban que muriera esa noche. Movido por la compasión, el Gauchito se arrodilló frente a su catre y le tocó la frente. Luego dirigió su mano hacia las llagas y los bubones. Sacó la *Biblia* y se puso a leer el capítulo 9 del *Evangelio de San Mateo*. Cuando llegó a la parte en que Jesús sana a los enfermos, el niño moribundo abrió los ojos y se incorporó en el lecho. Los padres retrocedieron con miedo. El niño se puso de pie y pidió agua. Le trajeron agua, la bebió y dijo que tenía hambre. El padre carneó un cordero e hicieron un asado. Le pidieron al Gauchito que se quedara a pasar la noche en el rancho. A la mañana el niño tenía la piel bien, no quedaban rastros de las llagas y estaba sonriendo. El Gauchito anunció que seguía viaje. No lo querían dejar ir. No sabían qué darle. El hombre le dijo que se llevara un caballo ladero. El Gauchito andaba en un tordillo. Dijo que no le hacía falta, que se sentía contento de que el chico estuviera bien.

Se fue. No entendía bien lo que había pasado. Dios había intervenido. Había curado por su intermedio. Lo había aceptado como vehículo suyo. Le había dado un poder. Quedó obnubilado. Llegó hasta un bosquecito. Decidió quedarse allí por varios días. No cazó ni comió. Sólo bebió agua de un arroyo. Hizo ayuno por una semana. Se pasaba el día tumbado bajo los árboles, meditando. Leía la *Biblia*. Al atardecer salía a caminar. Espiritualmente fortalecido decidió seguir viaje. Pidió trabajo en una estancia. Le dieron una tropilla de potros jóvenes, algunos redomones y otros sin domar, para que los amansara. Era buen domador. Escuchó una voz que le dijo que no los golpeara. Eran criaturas de dios, le entenderían si les hablaba. Decidió obedecer a la voz. No castigó a los animales. Les hablaba. Los caballos parecían entenderle. Les fue quitando las cosquillas y los miedos. Los abrazaba. Los animales se restregaban contra su pecho. Luego los montaba y los potrillos se comportaban como caballos mansos que hubieran sufrido la montura por mucho tiempo. Los hacía andar sin ponerles el freno. Les aplicaba una presión con las piernas en el costado y los animales obedecían. Un gaucho le preguntó dónde había aprendido eso, que si había vivido con los indios. Respondió que no, que él solo había aprendido. Después les puso el freno y dejó que los montaran otros. Los animales respondieron bien.

Siguió viaje y fue a otra estancia. Le ofrecieron trabajo de peón. Aceptó. Volvió a tener visiones. Una vez, junto a una aguada, se le apareció Cristo. Le dijo al Gauchito que era, como él, un cordero. Le pidió que no tuviera miedo, que él lo iba a recibir en su reino. El cordero estaba en el mundo para lavar los pecados y redimir al hombre.

Un día, cuando llegó a la casa del patrón, vio un carruaje que había venido de la ciudad. Preguntó a los otros peones qué pasaba. Había llegado el médico. La mujer del patrón estaba muy enferma, le dolía el costado. Tenía un ataque de apendicitis. A la mañana la sacaron al corredor de la casa. Todos se acercaron a verla. Tenía la tez amarilla. El médico dijo que no se podía hacer nada. Al llegar la tarde la mujer no hablaba, no podía tragar. El médico dijo que buscaran a un cura porque iba a morirse, que le dieran la extremaunción. Mandaron a buscar al pueblo a un vecino que se hacía pasar por cura y a veces celebraba misa. Mientras sucedía esto, el Gauchito quiso probar si Dios le concedía un favor. Se acercó a la mujer y empezó a rezar en silencio. Los demás no se dieron cuenta. Le pidió a Cristo que la salvara, y a San La Muerte que no se la llevara. Después de diez minutos la mujer abrió los ojos. Les dijo que había tenido una visión. Había venido del cielo una paloma blanca y había depositado gotas de rocío en su boca. Pensaron que deliraba. La mujer se incorporó en el lecho. Le preguntaron si le dolía algo. Dijo que no, que estaba bien, que no le dolía nada. Preguntó que por qué estaban todos reunidos allí y se levantó. El Gauchito se retiró al galpón donde dormía y le agradeció a Dios. Nadie entendió lo que había pasado, pero el Gauchito supo que había sido Cristo, que había intercedido y le había concedido su súplica.

Días después dejó su trabajo y se internó en el monte. Se detuvo bajo un árbol e hizo ayuno por una semana. Se preguntó qué significaba todo eso, que qué iba a hacer con su vida. Que por qué lo había elegido Dios y qué quería de él. Le dijo a Cristo que si él servía para lavar la sangre del pecado que se lo llevara, que él estaba en sus manos. Era 1877 y el gauchito estaba por cumplir treinta y tres años. Había vivido mucho tiempo escapando. El único amor que había conocido era el de la viuda. Había ido a algunas fiestas y bailes, pero raramente se acercaba a una mujer. En cada una veía algo de la que había sido su amada y retrocedía.

Finalmente decidió que era tiempo de volver a sus pagos. Quería visitar la tumba de su madre. Sabía que era peligroso, pero rezó, y pensó que Dios iba a decidir cuando fuera su hora. El 6 de enero de 1878 fue a Mercedes a las celebraciones de Reyes. Se dijo que quería ver a la gente, pero realmente lo que quería era saber algo de Estrella. Pensó que ella estaría ya grande, pero él la seguía queriendo. Fue a la misa, y después a la fiesta. Había empanadas y vino. Al rato empezó la guitarreada. El pueblo estaba animado.

Al atardecer fue al cementerio a visitar la tumba de su madre. Por la noche durmió en el camposanto, tapado con su poncho. A la mañana siguiente regresó al pueblo y se acercó a un almacén a tomar una caña. Quería enterarse de las novedades. De pronto sintió una mano que le sostenía el brazo. Se volvió y se encontró con la mirada del antiguo Jefe de policía y esposo de Estrella. "Sabía que iba a volver", le dijo. Le apuntó con una pistola y le ordenó que marchara con él. Fueron a la comisaría. "Enciérrelo", le dijo al Comisario. "Es un ladrón y un desertor". Pasó la noche en el calabozo. Pensó que esa quizá era la última noche de su vida.

La mañana del 8 de enero el Comisario lo sacó del calabozo

y lo entregó a una partida que lo esperaba. "Llévenselo - le dijo al Sargento - Es un ladrón, un cuatrero y un desertor. Ya saben lo que tienen que hacer". El Juez de Paz estaba en la Comisaría en esos momentos y quiso interceder. "Si cometió un delito, hay que juzgarlo – dijo - Debemos someternos a la ley". El Comisario lo miró con sorna. "Si se creerá que es Avellaneda - se burló - Hay demasiado gaucho bandido en esta tierra". "Iré al Gobernador - respondió el otro - Basta ya de derramar sangre inocente. Los delitos hay que probarlos".

Los policías le ataron las manos y se lo llevaron. Cuando habían andado dos leguas el Sargento detuvo la partida. Desensillaron junto a un algarrobo. El Sargento lo hizo bajar y lo paró junto al árbol. Les dijo a sus hombres que prepararan los fusiles. "¿Por qué me vas a matar, Sargento? - preguntó el Gauchito - No he cometido delitos. Me persiguen injustamente. Vas a derramar sangre inocente". El Sargento le quitó la camisa y dejó su pecho desnudo. Apareció en su lado izquierdo tatuada la imagen de San La Muerte. Le apuntaron. El Gauchito los miró. Los policías bajaron las armas. Dijeron que no podían disparar contra San La Muerte, porque se condenarían. El Sargento, con rabia, tiró un lazo por encima de una de las ramas del algarrobo, le ató los pies y lo colgó, cabeza abajo. "No me mates Sargento, soy inocente - repitió - No le creas al Comisario. Hazle caso al Juez".

En ese momento el Gauchito tuvo una visión. Se le apareció un niño cubierto de vendas, que venía del cielo. Tenía los mismos ojos que el Sargento. Comprendió que era su hijo.

El Sargento sacó el cuchillo de asta de ciervo que le había quitado al Gauchito Gil y se preparó. El Gauchito se dio cuenta que había llegado su hora. Pensó en su visión. Dios quería decirle algo, le había mandado un mensaje. Al fin entendió. "Sargento - dijo - tu hijo se ha enfermado y se está por morir. Después que me hayas matado reza por mi alma. La sangre de un inocente sirve para lavar los pecados. Reza por mí y tu hijo se salvará. Invoca mi nombre y yo lo curaré. También te perdonaré a vos por derramar mi sangre, porque así lo quiere Dios. Invoca mi nombre y se hará el milagro".

El Sargento lo miró con burla y le dijo que no se preocupara, que su hijo estaba bien. Después de un tajo le abrió la yugular. El Gauchito se desangró rápidamente y expiró. Lo bajaron del árbol y lo dejaron a un costado. El Sargento no quiso perder tiempo en enterrarlo. Estaba preocupado por lo que este había dicho sobre su hijo. Lo cubrieron con hojas y ramas. El Sargento ordenó a sus hombres que regresaran a la comisaría, que él tenía algo importante que hacer. Salió al galope hacia su rancho. Al llegar ya se olía la tragedia. Su mujer lo recibió llorando. Su hijo menor, de diez años, estaba muy grave. No podía respirar. Le dijo que se estaba muriendo. El Sargento comprendió todo. Se hincó de rodillas ante el lecho donde yacía el niño y se puso a rezar. Invocó al Gauchito Gil, y le pidió al difunto que le perdonara su crimen, y que su sangre inocente lavara sus pecados. Cuando se levantó, su hijo abrió los ojos y empezó a respirar normalmente. Llamó a la madre y le pidió que le trajera algo de comer. El Sargento agarró su caballo y volvió al galope hasta el algarrobo donde había quedado el cuerpo del Gauchito. Quitó las ramas que cubrían su cadáver y se abrazó a su cuerpo. Tomó el poncho rojo que le había sacado y cubrió el cadáver. Se arrodilló ante él y le pidió perdón. Con su facón empezó a cavar una sepultura al pie del algarrobo. Cortó una rama de espinillo e hizo una cruz. Besó la frente del Gauchito y depositó su cuerpo en la tumba. Colocó sobre su pecho los dos libros que había encontrado en su apero: la *Biblia* y el *Martín Fierro,* y cruzó sus manos sobre ellos. Ayudarían a su alma en el viaje. Lo cubrió de tierra, colocó la cruz y ató el poncho rojo en sus brazos. Hizo un fuego y con carbón escribió: "Gauchito Gil". Se persignó, montó en su caballo y regresó a su rancho.

Al llegar le confesó a su mujer lo que había ocurrido. Le dijo que había derramado la sangre de un inocente. Que Dios lo había castigado y enfermado mortalmente a su hijo. Que invocó la sangre del Gauchito y Dios lo perdonó y lo salvó. El Gauchito había hecho el milagro. La mujer le creyó. Era muy religiosa. Decidieron hacer una peregrinación a pie a la tumba del Gauchito. Trescientos metros antes de llegar al algarrobo, el Sargento empezó a andar sobre sus rodillas y a rezar. Su mujer caminaba a su lado, agradeciéndole al alma del difunto. Encendieron una fogata y se quedaron toda la noche junto a la tumba.

El Sargento regresó al día siguiente a su trabajo y les contó a sus hombres lo sucedido. Era gente de una fe profunda. Pensaron que si el Gauchito había hecho un milagro, podía hacer otros. Uno de ellos tenía a su madre enferma con manchas en la piel. Creía que era lepra. El agente fue con su madre a la tumba del Gauchito y se puso a rezar. Le pidió que la sanara. Dos meses después habían desaparecido las manchas. El Gauchito había hecho otro milagro. En Mercedes se corrió la voz de lo que había pasado.

El 8 de enero del año siguiente, al cumplirse un año de su muerte, el agente y su esposa decidieron visitar su tumba. No eran los únicos. Allí estaba también la familia del Sargento. Al rato empezaron a llegar otros. Se juntaron como unas treinta personas. Llevaban flores rojas y las depositaron sobre la tumba. El poncho rojo del Gauchito estaba todo desteñido y deteriorado por el agua y el sol. El Sargento clavó otro poncho rojo sobre el tronco del algarrobo, frente a la tumba. Después dirigió las plegarias. Le pidió perdón por haber derramado su sangre, y le rogó que los protegiera. Pidió que su sangre inocente lavara sus pecados. Después de eso comieron y bebieron, y esa noche regresaron a Mercedes, fortalecidos.

La Difunta Correa

Deolinda Correa nació el 6 de enero de 1819 en el poblado de La Majadita, en el Departamento de Valle Fértil, de la provincia de San Juan. Tenía dos hermanos y tres hermanas. Deolinda se destacaba por su belleza. Sus ojos eran azules como el cielo, y su cabello renegrido. Sus padres la cuidaban mucho. No era fácil proteger a una jovencita del deseo de los hombres en aquellos tiempos violentos.

Ya adolescente, se acercaban al rancho los muchachos de los alrededores con cualquier pretexto para verla. Un día un señor algo mayor se prendó de ella. Vino a ver a sus padres y se presentó. Se llamaba Rudecindo Alvarado. Les dijo que tenía tierras en la zona y amigos en el gobierno, y pronto sería jefe de la policía de Caucete. Los padres le agradecieron la visita. Las hijas le cebaron mate y lo invitaron con tortas fritas. Él no dejaba de mirar a Deolinda, a la que llamaba "Señorita Linda".

Sus ojos azules lo habían cautivado. La muchacha exhalaba ternura.

Al tiempo Don Rudecindo volvió a hablar con los padres. Les dijo que estaba pensando casarse pronto y podría considerar a alguna de sus hijas. Ellos, que lo veían muy mayor, argumentaron que eran demasiado jóvenes para casarse. Allí ayudaban en la casa y se quedarían hasta que se hicieran más grandes. Don Rudecindo se creía un hombre agraciado e insistió. Dijo que estaba emparentado con los Albarracín y un día mandaría en esa región. Los padres, algo intimidados, le respondieron que el rancho era humilde y podía visitarlos cuando quisiera. El hombre, sin embargo, no era de los que les gustaba rogar. Se fue ofendido y no volvió por allí.

Deolinda era una muchacha dócil pero de carácter firme. Era alegre y buena compañera de sus hermanas. Mantenía a sus pretendientes a distancia y no se dejaba avasallar. Esperaba al hombre que un día pudiera hacerla feliz. Se preguntaba cómo sería. Seguramente se iba a dar cuenta cuando lo viera. Y así sucedió. Un día conoció a quien iba a ser su esposo, Clemente Bustos. Fue un amor mutuo, un encuentro de almas.

 ## Quién era Clemente Bustos

Clemente Bustos era un gaucho orgulloso y valiente. Había nacido con la patria, en 1810, en Portezuelo, La Rioja. Cuando conoció a Deolinda, en la primavera de 1835, tenía veinticinco años. Deolinda tenía dieciséis y su cuerpo estaba en flor. Nunca, hasta ese momento, había aceptado a un pretendiente, y su madre se preocupaba por su futuro. Cuando vio a Clemente se llenó toda de dulzura. Era alto, fuerte, un verdadero gaucho federal. Desde adolescente había trabajado como arriero, junto a su padre y sus hermanos. Se había criado en Portezuelo, en La Rioja. Había sido soldado de Quiroga y luchado con él contra los unitarios.

Clemente era, como todos los muchachos gauchos, gran jinete. Excelente domador, amansaba sus caballos con devoción. Había seguido a las montoneras de Facundo a los diecisiete años. Era un mocetón aguerrido y parecía mayor. Luchó con Quiroga en Rincón. Antes de la batalla, Facundo cruzó lanzas con él para entusiasmar a la tropa. Los dos lanzaron sus cabalgaduras hasta casi pecharse, tiraron de las riendas, clavaron las espuelas y los caballos se levantaron sobre sus patas traseras, mientras los jinetes chocaban sus largas lanzas. Los soldados prorrumpieron en alaridos y en vivas y eso fue como el comienzo de la fiesta. El Tigre ordenó cargar contra el ejército de La Madrid. Los unitarios, a pesar de doblarlos en número, poco pudieron hacer. Quiroga arrolló a La Madrid y quedó dueño del campo de batalla.

Después de Rincón, Quiroga mandó un destacamento, al mando del Chacho Peñaloza, a los llanos de La Rioja, para proteger su retaguardia. Clemente fue con el grupo. Peñaloza los dejó en el cuartel de la capital y regresó a unirse con las tropas de Quiroga, que se disponían a atacar a los unitarios en Córdoba. Allí el Manco Paz derrotó a Facundo en La Tablada. Facundo volvió a La Rioja para formar otro ejército. Clemente marchó con él al encuentro de las tropas de Paz. Lo enfrentaron en Oncativo. Facundo no pudo contra Paz, que volvió a derrotarlo. El ejército se desbandó y emprendieron la huida. Clemente regresó a La Rioja, y no vio a Quiroga hasta el año siguiente.

Quiroga, incansable, restableció su autoridad. Al poco tiempo le llegó la noticia de que Paz había caído prisionero de López en Santa Fe. La Madrid quedó como jefe de las tropas unitarias y Facundo se preparó para atacarlo. Clemente fue con él. Cabalgó con la vanguardia hasta Tucumán, donde se enfrentaron con La Madrid en La Ciudadela. La batalla fue difícil, y luego de dos horas de lucha, parecía que iba a decidirse a favor de los unitarios. Quiroga cargaba al frente de sus hombres y los reunía personalmente después de cada carga para volver a atacar. Clemente iba a su lado. Su lanza hizo estragos entre los unitarios. Finalmente, las tropas de La Madrid cedieron y empezó la desbandada. Quiroga y sus gauchos quedaron dueños del campo. Era la tercera vez que el Tigre de los Llanos derrotaba al General La Madrid. Quiroga regresó con su ejército a La Rioja y poco después la guerra civil llegó a su fin.

Los federales quedaron dueños de la política. Facundo licenció a sus tropas y la vida volvió a la normalidad en los Llanos. Clemente decidió que era momento de cumplir con su sueño. Formó una pequeña compañía de arrias con unos amigos de su pueblo. Se repartieron entre ellos las responsabilidades del negocio. Tomás Romero y Rosauro Ávila se encargarían de domesticar las mulas. Jesús Orihuela prepararía tropillas de caballos. Clemente estaría a cargo de la seguridad. Era el que tenía más experiencia militar, y los caminos en esa época eran solitarios y peligrosos. De todos los socios el único que sabía leer era Jesús Orihuela.

La pequeña compañía de transporte empezó bien. Fueron apareciendo los clientes. Llevaban cargas de paños tejidos, telares, herramientas para el cultivo, minerales, sal, granos para la siembra y, en algunas ocasiones, documentos y otros encargos del gobierno. Facundo, que tenía confianza en su lancero, intervino, garantizando su honestidad. La provincia era un apretado tejido social solidario de familias que se conocían de antaño. Clemente ansiaba progresar. El negocio de arrias prometía. El transporte de cargas era indispensable para la región.

En 1835 les llegó una noticia terrible: habían asesinado a Facundo. La noticia afectó mucho a Clemente. Admiraba a Facundo, se sentía su soldado. Comprendió que se avecinaban malos tiempos. Los paisanos confiaban en que López y Rosas sostuvieran la situación nacional. Hablaban mucho de política, como buenos argentinos y se preguntaban qué pasaría en el futuro cercano. La Confederación tenía muchos enemigos, dentro y fuera del país.

 ## Enamorados

La situación económica en La Rioja se mantuvo relativamente estable. El negocio de arrias de Clemente progresaba. Fue en esa época, a fines de 1835, que vio por primera vez a Deolinda. Él y Jesús pasaban con sus mulas por Valle Fértil rumbo a la capital, San Juan. Llevaban herramientas y semillas para los agricultores de la zona. Se detuvieron en San Agustín para dejar descansar los animales. Ese día Deolinda y su hermana Josefina habían ido al poblado a entregar potes de mermelada y un poncho tejido por su madre a una familia de allí. La madre de Deolinda era una excelente tejedora. Deolinda era buena repostera y tenía su propia receta para la mermelada. Clemente y Jesús dejaron sus animales en el corral del pueblo y les bajaron la carga. Se fueron al almacén para tomar una caña y comer empanadas. Vieron a las muchachas pasar por la calle. Clemente no pudo contenerse y salió para hablarles. Jesús, que era casado, se quedó en el almacén. Los ojos azules de Deolinda se clavaron en Clemente y sintió lo que siente un hombre cuando nace una pasión irremediable. Ansiedad, miedo, deseo.

Clemente les rogó que le dejaran acompañarlas. Finalmente, las chicas aceptaron. Llegaron a la casa donde iban, entregaron el pedido de dulce y el poncho. La dueña de casa extendió sobre una mesa el poncho rojo, con listones negros, que era bellísimo. Clemente pudo admirar el arte de quien sería su suegra. Después invitó a las chicas a ir a la capilla. Él era creyente. Aceptaron. La capillita no tenía cura, pero una señora beata abría sus puertas todas las tardes para que fueran los vecinos a rezar. Cada tanto venía un cura de un pueblo cercano para celebrar misa. Se arrodillaron todos frente al altar. A Deolinda le sorprendió que fuera tan religioso.

Clemente le dijo que los riojanos tenían mucha fe. Rezó en voz alta y pidió por el alma de Quiroga. Ellas no sabían que había sido asesinado. Le preguntaron qué iba a pasar ahora. Clemente les dijo que habían encontrado a los culpables y los estaban juzgando. Había sido un complot del gobierno de Córdoba.

Cuando regresaron de San Juan, Clemente y Jesús volvieron a detenerse en el lugar. Esta vez llegaron directamente a La Majadita y Clemente preguntó por la familia de Deolinda. Llevaban fardos de lana de San Juan a La Rioja. Las mulas iban muy cargadas. Deolinda se alegró al verlo. Siguiendo las costumbres hospitalarias de la zona los hizo pasar a la casa. Su padre acababa de regresar del campo, y su madre estaba en el telar tejiendo. Iban a comer pronto. Todos sus hermanos y hermanas se habían sentado a la mesa y conversaban. Era la hora de la oración. Los invitaron a cenar con ellos. Ese día habían cocinado las hijas. Deolinda había preparado locro y su hermana Josefina había hecho el postre. El padre les sirvió vino casero. Simpatizaron rápidamente. Después de la comida Clemente pidió una guitarra. La madre le trajo una vieja vihuela que había sido de su abuelo. Clemente comenzó a cantar. Tenía una voz agradable, aunque no era perfectamente entonado. Era un joven bien parecido y se conducía con galantería. Cantó cuecas y zambas. Esas canciones iban y venían en Cuyo por el camino de los arrieros.

A las pocas semanas pasaron otra vez. Esta vez Deolinda lo estaba esperando. Clemente trajo regalos para la familia:

le dio a Deolinda un collar de conchas de nácar que había comprado en La Rioja, le regaló a su madre un mantel de algodón bordado y a su padre una botella de cognac. Antes de seguir viaje con su carga hacia San Juan, Clemente le dijo que quería ser su novio.

Ese cortejo formal y respetuoso no era raro en la zona. Cuyo era tierra de labriegos. Los Correa eran muy religiosos. El padre le leía la Biblia a su familia todos los días. Le dijo a Clemente que había sido seminarista y que había dejado el seminario de los Dominicos para entrar en el Ejército de los Andes. Había hecho la campaña con San Martín. En el seminario había conocido al fraile Aldao, y se hicieron amigos. Se detenía en su casa cuando iba a La Rioja. Ellos eran federales. Lamentó que hubieran asesinado a Facundo.

Clemente no podía leer ni escribir. Jesús, en cambio, leía y escribía y era el que se encargaba de llevar las cuentas del negocio de arrias. Deolinda tampoco sabía leer ni escribir. Su madre se había opuesto a que aprendiera. Su padre le había enseñado a leer a su hijo mayor. La madre decía que para a cuidar la familia y honrar a Dios no hacía falta saber leer y escribir.

En 1837 se casaron en la capilla de San Agustín. Hicieron la boda en La Majadita. Allí llegaron los familiares y amigos de Clemente. El padre de Deolinda los bendijo y pronunció las oraciones antes de la cena. Comieron chivito y bebieron vino de la tierra. Su madre sirvió los postres y la torta de bodas, que ella misma había preparado. Deolinda dijo que seguiría llamándose Correa, en honor a su familia, aun estando casada. En esa época se aceptaba que la mujer retuviera su apellido paterno, si así lo deseaba. Clemente estuvo de acuerdo. Lo que importaba era el amor.

 Recién casados

Los recién casados se fueron a vivir a Tama, cerca de Malanzán, en La Rioja. Clemente operaba desde allí su pequeña empresa. Prometió que llevaría a Deolinda seguido a visitar a su familia. Sus padres podían venir a Tama cuando quisieran. Clemente hizo ampliar la casa que tenía. Contrató a unos paisanos albañiles, que agregaron a la casa dos cuartos más.

Ese año pasó rápido. En La Rioja gobernaba el General Brizuela, federal y, en San Juan, Nazario Benavidez, federal también. La situación económica era buena. Cuyo era una región próspera. La empresa de arrias de Clemente y sus amigos progresaba rápidamente. Sus mulas y caballos iban y venían por los caminos de La Rioja y San Juan.

Clemente y Deolinda estaban felices. Ella quería tener muchos hijos. Le dijo a Clemente que una mujer se sentía vacía sin niños. Ese primer año Dios no los bendijo. Deolinda rezó mucho para que se hiciera pronto el milagro.

Cuando él y sus socios salían de viaje con las mulas cargadas, Clemente dejaba a Deolinda en Malanzán, con la familia de Tomás y de Jesús, que vivían allí. Un día Deolinda le dijo a Clemente que quería ir con él en su próximo viaje. Clemente aceptó contento. No le gustaba dejarla sola. Sería diferente cuando tuvieran hijos. Le preparó un caballo manso. Salieron para San Juan con un arria de veinte mulas. Sus socios no vinieron. En su lugar los acompañaron dos peones. La travesía era lenta, el clima seco. En esa época del año hacía calor por el día y la temperatura bajaba a la noche.

Se detuvieron en La Majadita para visitar a sus padres y hermanos. Al día siguiente continuaron viaje. Llevaban una carga para el gobierno de la provincia. Al llegar a Caucete, antes de entrar en la ciudad de San Juan, hicieron un alto para que se repusieran las mulas. Clemente llevó a Deolinda al mercado. Luego entraron en la pulpería. Siempre había noticias nuevas. Clemente pidió una caña y Deolinda una horchata. De pronto llegó una partida policial. El jefe de la partida, un comisario, miró a los forasteros y saludó. El jefe observaba con insistencia a Deolinda. A ella le pareció cara conocida. Pronto cayó en la cuenta: era el hombre mayor que tiempo atrás se había prendado de ella y la había cortejado. Siguieron viaje. Al rato vieron la polvareda de dos caballos que se acercaban al galope. Era el jefe de policía y un cabo. Los saludaron y les dijeron que iban a San Juan. Si les parecía bien, podían acompañarlos y les darían protección. Clemente les agradeció y les dijo que no era necesario. Los otros se despidieron y partieron al trote. Deolinda se sintió incómoda. Aunque era mujer casada y Clemente un mocetón fuerte y valiente, siempre la seguían las miradas. Sus ojos azules se habían vuelto más cautivantes y profundos con los años. No sabía si decirle a su marido lo que había pasado con ese hombre tiempo atrás. Prefirió guardárselo por el momento. Clemente era celoso. Y Don Rudecindo (se acordó de su nombre) podía ser peligroso para ellos. Por suerte la provincia estaba en paz, y ellos eran buenos federales.

En San Juan todo transcurrió normalmente. Hicieron noche en una posada. Al día siguiente Clemente y Deolinda pasearon por la ciudad, comieron en el mercado y se prepararon para regresar. Llevaban a La Rioja varias mercancías y dos arcones del gobierno con documentos. Era un envío del gobernador Benavidez al gobernador Brizuela. Les ofrecieron acompañarlos con una escolta armada. Clemente les dijo que había sido soldado de Facundo, y que podían defenderse solos. Los dos peones asintieron. Durante la travesía siempre llevaban armas, para una eventualidad.

Poco después de pasar por Caucete los alcanzó el jefe de Policía. Les dijo que cometían una imprudencia y que necesitaban su protección. Los iba a acompañar. Clemente protestó, pero el otro se impuso. Se sumó al arria, junto a un cabo. Don Rudecindo le hacía preguntas indiscretas a Clemente. Quería saber si era dueño de las mulas, si la señora era su esposa y dónde vivían. Cada tanto se volvía hacia Deolinda y le clavaba su mirada llena de deseo. Deolinda bajaba la vista y sentía que la estaba desnudando.

El viaje fue lento y tedioso. Al llegar a Valle Fértil saludaron a su familia y continuaron la marcha. No podían detenerse mucho. Finalmente pasaron por Malanzán y llegaron a Tama.

Allí se dispusieron a hacer noche en su casa antes de seguir a la ciudad de La Rioja. Don Rudecindo preguntó si podía hospedarse en la vivienda de ellos. Deolinda se negó. Los dos policías se acomodaron bajo un quincho, fuera de la casa. Deolinda le contó a Clemente todo lo que había pasado. Su marido se puso furioso por la osadía del viejo. Se dio cuenta que era una situación peligrosa para ellos. Le pidió que no se quedara sola en la casa, que continuaran viaje juntos a la capital. Al día siguiente siguieron todos hacia La Rioja. Un peón se adelantó a caballo para avisar al gobierno local de su llegada. Don Rudecindo le sacaba conversación a Clemente, fingiendo amistad. Clemente, que era astuto, actuaba con prudencia. El policía se traía algo entre manos. Llegaron a La Rioja. Don Rudecindo se despidió y regresó a Caucete. Ellos estaban seguros que lo volverían a ver. Clemente le dijo a su mujer que la próxima vez que viniera lo iba a enfrentar y preguntarle qué problema tenía con él. Deolinda le pidió que no lo hiciera, no quería que los pusiera contra el gobierno. Clemente le respondió que encontraría quien los apoyara. Felizmente, sus temores no se cumplieron. Don Rudecindo no volvió a Tama ni Clemente se lo encontró en sus viajes a San Juan.

 Madre al fin

A fines de 1838 Deolinda quedó embarazada. Estaban locos de contentos. Deolinda prometió construir un altar en Tama a la Virgen de los Desamparados. Su padre la había puesto bajo su protección al nacer.

Su hijo nació el 15 de agosto de 1839, día de la Asunción de María, en La Majadita. Su madre y unas vecinas la ayudaron en el parto. El niño tenía el rostro del padre y los ojos azules de la madre. Clemente decidió llamarlo Facundo, como su héroe. Facundo Bustos fue bautizado el 1º de septiembre en San Agustín del Valle Fértil. Los esposos se sentían felices. Ya había nacido su primer hijo. Vendrían muchos más. Facundo era un niño precioso. Su madre se veía reflejada en el niño. Le parecía que la miraba con sus ojos, que era ella misma la que estaba dentro de ese cuerpecito. Clemente sentía que tenía su sangre y su fuerza. La unión era casi perfecta. Eran tres y eran uno. Se sabían afortunados. Rezaban a diario y Deolinda sintió que su fe había crecido. Dios le había dado lo que ella tanto quería: un hijo.

Se entregó por entero a su dulce labor de madre. Su cuerpo y su sangre eran parte ahora de una realidad trascendente. Los caminos del mundo confluían hacia el secreto de su maternidad. Le hablaba a diario a la virgen. Sentía que ella la escuchaba y la comprendía. Deolinda quería ser su amiga. Las madres siempre estaban dispuestas a dar todo por sus hijos. Cada vez que Facundo se prendía a su pecho la embargaba una emoción inenarrable. El niño la miraba con sus enormes ojos asombrados. Eran del color del cielo de San Juan. Puro, limpio, de un celeste aterciopelado.

Clemente se quedó en La Majadita, acompañando a su

mujer. Sus socios se ocupaban de los negocios de la empresa en La Rioja. Llegó diciembre, y la felicidad parecía no tener límites para la familia. Su situación económica mejoraba constantemente. La Compañía era conocida y respetada en las dos provincias en que operaba, San Juan y La Rioja. Planeaban expandirse, tomar empleados, arrieros que llevaran sus mulas cargadas por los caminos y aumentaran sus ganancias.

A fin de año llegó a La Majadita una comitiva inesperada. El Fraile y General Aldao pasaba por la zona y se detuvo a visitar al padre de Deolinda. Vino acompañado de una escolta de diez soldados, que se apostaron bajo un árbol, cerca de la casa. El Fraile abrazó a Deolinda, la felicitó por Facundito y lo saludó a su esposo. Clemente le dijo que había sido soldado de Quiroga y había luchado con él en La Ciudadela. Al escuchar hablar del Tigre, Aldao manifestó una profunda tristeza. Se quejó del horrible crimen y de la saña de los unitarios, que no permitían que terminasen las guerras civiles. En Mendoza las cosas estaban bien, pero los unitarios amenazaban invadir Buenos Aires. Los ingleses y franceses buscaban meterse en nuestro territorio y dominar la patria. Habían convencido a Lavalle en la Banda Oriental de que era el mejor momento para invadir la Confederación. Le estaban proporcionando armas y pertrechos, y hasta se habían ofrecido a transportar su ejército por barco. Lavalle se había prestado al juego. No se conformó con haber desatado la guerra en el 28, después de haber asesinado cobardemente a Dorrego. Todavía se sentía con autoridad para invadir, al servicio de los imperios. Pudiera ser que un día derrotaran definitivamente a Rosas y el país quedara a merced del Emperador del Brasil y de los franceses. Ese día los unitarios estarían satisfechos. Pero antes de eso tendrían que pasar por encima de su cadáver.

El padre de Deolinda pidió a Fray Aldao que dirigiera las plegarias antes del almuerzo. José Félix, como pidió que lo llamaran (les dijo que para ellos no era General sino un amigo), leyó una sección del Evangelio según San Mateo y luego comieron en paz. Recordaron la época que habían compartido en el seminario. Aldao habló de cómo habían cambiado las cosas. La revolución los arrastró a todos. Tuvieron que sacrificarse por el país. Luego del almuerzo el fraile bendijo a Facundo y alabó a su madre. Dijo que las mujeres argentinas eran las más abnegadas que conocía, y las más valientes. Luego, en conversación privada con su amigo Correa y con Clemente, les avisó que se esperaban momentos difíciles, se anunciaba una invasión inminente de Lavalle y sus fuerzas podían llegar a Cuyo. Había que estar preparado. Por suerte, los gobernadores de San Juan y La Rioja eran buenos federales. Clemente le dijo que había que tener "miedo del oro", que corrompe a los hombres.

– Si los franceses están detrás de la invasión, es peligroso, porque saben cómo seducir a los ambiciosos y les pagan su precio - le dijo Don Correa.

– Así es amigo - le respondió Aldao - Los extranjeros ya compraron a Rivadavia y por su culpa perdimos la Banda Oriental. Allí nos metieron una cuña desde la cual pueden intrigar y amenazarnos a gusto. Gracias a Dios, tenemos a Rosas. Su astucia siempre pudo más que la hipocresía de los gachupines. Sin él, hoy seríamos colonia francesa o inglesa, como lo reconoció mi General San Martín. Qué Dios le dé salud a nuestro gaucho rubio y que viva muchos años. Los extranjeros acechan.

Bebieron una última copa y se despidieron.

 ## La guerra otra vez

Pasaron los meses y las predicciones del Fraile Aldao se mostraron correctas. En el otoño del 40 llegaron noticias de que los unitarios habían comenzado la invasión. Se había formado en el interior la Coalición del Norte, que los apoyaba. Pronto supieron que Brizuela, el Gobernador de La Rioja, se había dado vuelta. Se había pasado al bando unitario y ahora formaba parte de la Coalición del Norte. Podían atacar San Juan en cualquier momento. Poco después llegaron de Tama los socios de Clemente, Tomás, Rosauro y Jesús, con un arria de mulas cargadas de mercadería para Caucete en San Juan. Le pidieron a Clemente que protegiera a su familia en La Majadita, que no fuera para La Rioja mientras no mejorara la situación. La provincia ya no era segura para él. Cuando hubiera trabajo allá, ellos se encargarían.

Clemente les agradeció y salieron todos con el arria de mulas cargadas rumbo a Caucete. Allá ocurrió lo inesperado, los males nunca vienen solos. Después de entregar la carga fueron al almacén a comer algo. Se sentaron a una mesa, les sirvieron y estaban conversando cuando entró el Comisario Alvarado. De inmediato vio al grupo y se acercó. Llamó a Clemente por su nombre. Lo saludó y le preguntó por su familia. Los invitó a tomarse una caña a su salud, pero ellos no aceptaron. Se justificaron diciendo que tenían que salir pronto con una carga para La Rioja y si uno bebía el calor no se aguantaba.

- El Comisario les dijo que se cuidaran, que se venían malos tiempos, y la gente "se estaba cambiando de bando".
- ¿Ud. es unitario o federal? - le preguntó a Clemente con sorna.
- Federal, por supuesto. Fui y seguiré siendo soldado de Facundo Quiroga - respondió.
- ¡Qué lástima! - se burló el Comisario - Facundo está muerto.

Los saludó con el ala del sombrero y se retiró. Sus amigos le preguntaron alarmados qué había pasado con ese hombre. Clemente les explicó la situación. Jesús le dijo que debía tener mucho cuidado, y que si algo ocurría ellos estarían allí para ayudarlo.

Sus amigos partieron con el arria de mulas a La Rioja y él, preocupado, regresó directamente a La Majadita y le contó a Deolinda del encuentro. Ella le confesó que le tenía miedo al Comisario. Estaba resentido con ella porque lo había rechazado.

– Si te llevan a la guerra, ¿quién me va a cuidar? - le dijo.

– Si eso pasa, no dejes que se acerque. Ocultate hasta que yo regrese - le pidió Clemente.

– Antes muerta que con ese hombre - respondió Deolinda - Yo soy tuya y de nadie más.

Se besaron tiernamente. Después ella le dio de comer al niño. Sus pechos estaban cargados de leche.

A fines de octubre llegó una partida del Ejército a San Agustín del Valle Fértil. Clemente se encontraba en el pueblo. Estaba en la pulpería cuando entraron los soldados. Dijeron que estaban reclutando gente para la guerra. Clemente se dio cuenta enseguida que eran unitarios. El oficial estaba vestido de azul y se veía que era un cajetilla. Tenía la barba en forma de U. Los unitarios eran inconfundibles. Había tres hombres en la pulpería, además de Clemente. Uno era viejo y lo dejaron salir. Otro dijo que no podía ir, su mujer esperaba familia. Un cabo lo cruzó de un rebencazo y se lo llevaron engrillado. El tercero aceptó incorporarse. Clemente no se resistió. Dijo que iría, pero quería pasar a despedirse de su esposa. Le preguntaron dónde estaba su rancho. Le respondió que en La Majadita. El oficial sacó una hoja de papel y la desplegó.

– ¿Cuál es su nombre? - le preguntó.

– Clemente Bustos - respondió.

El oficial miró detenidamente en la hoja de papel.

– Ajá - dijo - aquí aparece su nombre. Dice que es hombre de cuidado. Lo vamos a vigilar bien. No puede ir a su rancho. Ya sabe que la deserción se paga con la muerte. Estamos en tiempos de guerra. Ahora forma parte Ud. del Ejército del General Brizuela. Prepárese a luchar contra la tiranía de los federales.

- Hasta hace poco Brizuela era federal - respondió Clemente - y partidario del General Rosas.

- Los tiempos cambian - dijo el oficial - Nadie lo quiere a Rosas. Ni los franceses, ni los ingleses, ni nadie. No durará en el poder ni un año más. En 1841 la Argentina será libre.

La partida de soldados salió en dirección a Caucete. Los unitarios buscaban controlar la provincia de San Juan. Deolinda, apenas se enteró de lo ocurrido, fue a hablar con su padre. Don Correa trató de calmarla. Le pidió que tuviera paciencia. Le llamó mucho la atención lo que había pasado. Clemente estaba bien establecido con su negocio de arrias. Todos lo conocían. Lo respetaban. Les podía ser mucho más útil, llegado el caso, como arriero y transportista que como soldado. Deolinda le dijo que el oficial unitario llevaba una lista con nombres. Alguien buscaba perjudicarlo. Deolinda tenía miedo. Su esposo era federal, no lucharía contra la gente de su propio bando.

 ## La huida y el sacrificio

Dos días después escucharon que el Comisario de Caucete estaba en San Agustín del Valle Fértil. Deolinda sabía que venía a buscarla. Era capaz de todo. Se armó de coraje y decidió escapar. Tomó a su hijo y lo arropó bien. Metió en su morral un pan y varias lonjas de charqui y se cruzó sobre los hombros tres chifles de agua. Le avisó a su padre que se iba tras los pasos de su esposo, antes de que fuera tarde. El padre le pidió que llevara su caballo. Ella le dijo que era difícil cabalgar con un bebé, y no quería dejarlo. Les sería muy fácil además seguir las huellas del caballo y alcanzarla. Tenía que irse a pie. Si veía a alguien que se aproximaba o venía tras ella se ocultaría. Estaría vigilante. Conocía bien el camino y el monte. Pronto pasarían por allí los socios de Clemente, Jesús, Rosauro y Tomás, con un arria de mulas. Le pidió a su padre que les avisara que los unitarios se habían llevado a Clemente y que ella había partido tras él. Su enemigo, el jefe de la policía, la seguía. Les rogaba que vinieran pronto a socorrerla. Padre e hija se abrazaron. Después se despidió, llorando, de su madre y sus hermanos. Besaron a Facundito y la abrazaron. Terminaba el mes de octubre.

Deolinda partió con su hijo. Anduvo durante todo el día y toda la noche. Cada tanto se detenía para darle el pecho.

Vigilaba constantemente el camino. Se aseguraba de que no viniera nadie tras ella. Al amanecer se apartó de la huella y se recostó con Facundito bajo un algarrobo, sobre la falda del monte. Se ocultó lo mejor que pudo. No quería que la vieran. Ya se le había terminado el agua de uno de los chifles. Le quedaban dos más.

Se dijo que había hecho bien en irse de La Majadita, prefería morir a caer en manos del Comisario. Le pidió a Dios por su hijito. "Señor", rezó, "no me importa mi vida, me pongo en tus manos, pero no te lleves a mi hijito." Recostó la cabecita de su hijo sobre sus pechos y se durmió.

Ya bien entrada la mañana siguió viaje. Anduvo a buen paso. Quería ver a su esposo. Pensó que la columna del Ejército ya habría llegado a Caucete. Quizá se quedaran allá acuartelados. Pronto pasarían Jesús y el arria de mulas y la rescatarían. Con ellos, ella y su hijo estarían seguros.

Su hijo parecía no sentir los efectos del viaje. Dormía plácidamente. Cuando tenía hambre y lloraba, Deolinda se detenía para amamantarlo. Al fin del día ya se le había terminado el agua de otro chifle. Comió el resto del charqui. Sus piernas eran fuertes, aguantaban bien. Esa noche volvió a rezar. Le pidió a Dios que los protegiera. Rogó por su hijito. Facundo era un alma inocente.

A la mañana siguiente continuó la marcha. Hacía mucho calor. Se preguntó qué día sería. No faltaba mucho para el día de los Santos. Por la tarde se detuvo y durmió un rato. Anduvo durante la noche. Se le estaba acabando el agua. Hacía tres días que había salido. No podía estar muy lejos del próximo poblado, pensaba ella. Allí podría cargar agua y pedir comida. Cuando la luna estaba bien alta se acostó a la vera del camino, con su hijo encima y se durmió.

Despertó al amanecer. Se sentía rara. Su hijo aún dormía. El paisaje que la rodeaba estaba transformado, como si fuera distinto al del día anterior. Más seco, más árido. Anduvo ya sin agua. Por momentos se mareaba y se sentía desfallecer. Hacía mucho calor. Vio un árbol cerca y se sentó bajo su sombra. Quería descansar y amamantar a Facundo. Quizá pasaran pronto Jesús y sus socios con las mulas. Dios tenía que ayudarla. Su boca estaba reseca. Al caer la noche se quedó dormida.

El próximo día amaneció sin fuerzas. Comprobó que su hijo estaba bien. Seguía comiendo de sus pechos. Se dijo que no se arrepentía de haber salido de su casa a pie. Prefería morir con el nombre de Clemente en los labios a caer en brazos de otro hombre. Subió unos metros la ladera del monte a ver si se divisaba algún caserío. Le llamó la atención la sequedad y la aridez del paisaje, le recordaba la región de Vallecito, cerca de Caucete. Pero Caucete estaba lejos de La Majadita. No podía haber recorrido tanta distancia a pie. Quizá, durante su sueño, Dios hubiera hecho un milagro y la hubiera llevado allí. Sea lo que fuera, pidió que se cumpliera su voluntad. Ella y su hijo estaban en sus manos.

Pensó que ese sería el día de los Santos. No venía nadie por el sendero. Bajó la ladera del monte y se sentó junto al camino.

Le cubrió la cabecita a su bebé y lo recostó sobre sus pechos. Se le fueron cerrando los ojos y al rato perdió la conciencia. Su hijo empezó a moverse, inquieto, tenía hambre. El pezón de la madre le rozaba los labios. Empezó a tirar de él y a chupar. Cuando se sintió lleno lo dejó y se quedó dormido.

Esa noche Deolinda falleció. Entregó su alma a Dios durante la noche del día de los Muertos. Al amanecer, Facundo volvió a buscar la leche en los pechos de su madre muerta. Chupó hasta que la leche empezó a fluir. Bajo la luz incierta del amanecer descendió un ángel del cielo. Tenía una piel muy tersa y formas de mujer. Se sentó junto al cadáver de Deolinda. Facundo lo miró con asombro. El ángel le devolvió la mirada. En sus ojos había cielo y eternidad.

Salió el sol y la temperatura empezó a subir. Pasaron las horas. El niño seguía recostado sobre los pechos como en un lecho de rosas. A mediodía tuvo hambre y volvió a buscar la leche de su madre. Milagrosamente, esta fluyó. El ángel plegó sus alas y se sentó junto al niño. Observaba amoroso cómo este comía. Era su ángel guardián. Elevó su mirada al Dios Padre. Era el día de las ánimas. Luego de comer el bebé durmió plácidamente por un largo rato. El ángel permaneció a su lado.

El niño despertó y se encontró con los ojos de su guardián. El ángel desplegó sus alas y se elevó. Miró el camino. No muy lejos venía una caravana. Era Jesús y sus amigos. El ángel partió.

Pronto llegó la caravana hasta el lugar y vieron a la madre y el niño. Estaban al tanto de todo. Habían pasado por La

Majadita. Se preguntaron cómo Deolinda podía haber llegado hasta allí caminando. Esperaban encontrarla antes. Les pareció un milagro que hubiera andado tanto. Apenas sintió el contacto de unos brazos que lo alzaban Facundo se puso a llorar. Tenía hambre. Jesús intentó despertar a la madre, creyendo que se había dormido. Pronto comprobó que estaba muerta. De su pecho desnudo manaba un hilito de leche. Dejó que el niño se acercara al pecho. Comió hasta satisfacerse.

El cuerpo de Deolinda ya olía mal. Los amigos se lamentaron de su suerte. Envolvieron el cadáver en un poncho rojo y lo cargaron sobre una de las mulas. Comprendieron que no podrían ir muy lejos con ella. El sol apretaba. Finalmente decidieron enterrarla en Vallecito y seguir con el niño. Cubrieron el cadáver con piedras y pusieron sobre el montículo una cruz. Jesús escribió con carbón: "La Difunta Correa". Continuaron viaje a Caucete para entregar la carga y averiguar si Clemente estaba allí. Al llegar se enteraron que los soldados apenas si se habían detenido en el lugar.

Decidieron regresar a La Majadita para entregar al niño a sus abuelos. Se llevaron un chifle con leche de cabra para alimentarlo. Pero el niño no quería comer. Vieron que tenía fiebre. Le dieron agua y le mojaron la frente, a ver si le bajaba la temperatura. Cuando pasaron por el sitio donde estaba Deolinda enterrada el niño ya había muerto. Pensaron que había querido reunirse con su madre. Irse con ella al cielo. Era un inocente, un angelito. Lo enterraron envuelto en su mantita. Hicieron un montículo junto a la tumba de su madre. Siguieron camino hacia La Majadita.

La suerte de Clemente

El día dos de noviembre, a varias leguas de allí, Clemente, que marchaba con la partida, decidió escapar. Le habían dicho que iban a pelear contra los federales. Se dijo que prefería arriesgar su vida y desertar. No derramaría la sangre de su gente. Ofendería la memoria de su caudillo. Él era hombre de honor y no le tenía miedo a la muerte. Eso lo había aprendido cabalgando con Quiroga. Había que vivir luchando y morir de pie. Por la noche, mientras los otros dormían, escapó. El Teniente unitario que lo conducía mandó a tres de sus hombres a perseguirlo. Dos días después lo alcanzaron. Se había tendido a dormir. Se lo llevaron de vuelta al Teniente. Uno que conocía a Clemente dijo que era un buen hombre, que le perdonara la vida. El unitario no tuvo piedad. Mandó formar un pelotón y lo fusiló de inmediato. Tiempo después los unitarios fueron derrotados por los federales. El Teniente que hizo matar a Clemente fue uno de los oficiales prisioneros fusilados por el General Aldao, en represalia por la muerte de su hermano, al que había enviado a parlamentar.

El milagro final

Jesús y sus compañeros llegaron a La Majadita y le contaron al padre de Deolinda cuál había sido el destino de su hija y su nieto. Este se preguntó cómo su hija había podido recorrer tanta distancia a pie con su hijo a cuestas. Dios tenía que haber intervenido. No era algo humano. Creyente como era, se preguntó si dios no habría hecho un milagro. Los lugareños siempre esperaban un signo favorable de él. Era gente de una fe profunda.

La familia estaba desolada. El Jefe de la policía de Caucete había pasado por ahí hacía varios días. Había preguntado por Deolinda. Cuando supo que no estaba se retiró del lugar sin dar explicación. El padre decidió visitar la tumba de su hija y su nieto. Preparó su caballo y salió. Durante el camino oró con fervor. Le pidió a Dios por sus almas. De pronto sintió sed. Tomó su chifle y bebió. Sintió que el agua tenía un sabor extraño. Era dulce. Vertió un poco del contenido y comprobó que el agua se había transformado en un líquido blancuzco con sabor a leche de madre. Entendió que era un signo divino. Se preguntó si Dios no había elegido a su hija para hacerse presente entre ellos, y su sacrificio quería recordarnos el sacrificio del hijo, que también había padecido sed en la cruz. El mundo estaba sediento de milagros y de amor. Dios hacía mucha falta.

— Alguna vez, presiento - dijo, hablando al alma de su hija - irán las madres y los viajeros en peregrinación a visitarte a tu tumba, a pedirte favores y milagros. Fuiste un modelo de fidelidad conyugal y devoción materna. Diste la vida por tu marido y tu hijo. Te inspiraba la madre de dios, que es la madre de todos. Vos, que fuiste fuerte, velarás por aquellos que necesiten tu protección. Intercederás ante Dios. Serás la madre del amor y la justicia. Guiarás a los viajeros en su travesía, calmarás su sed y protegerás sus hogares.

Al llegar a la tumba oró por las dos almas. En ese momento se le apareció el ángel que antes lo había visitado a su nieto. Vio que tenía los ojos azules como Deolinda. Levantó su vista al cielo y le agradeció a Dios.

– Sufrimos en este mundo, Señor - dijo - Necesitamos tu consuelo y amor.

El Angelito milagroso

Doña Argentina Nery Olguín nació en Villa Unión, en la provincia de La Rioja, el 25 de mayo de 1933. Era la décima hija de su familia. Su papá trabajaba de peón en los olivares y viñedos de los alrededores. Argentina aprendió a leer y escribir en la escuelita del pueblo. A los quince años, en 1948, se casó con su novio Bernabé Gaitán. Ya estaba embarazada y sabían que se pasarían toda la vida juntos y tendrían muchos hijos.

Bernabé Gaitán era aprendiz de carpintero. Su papá tenía un terreno en el barrio de la Virgen de la Peña, y allí Bernabé construyó una casa de adobe para su familia, con la ayuda de su suegro y sus hermanos. Era una época de optimismo para la gente de Villa Unión. El General Perón era generoso con las provincias necesitadas del Noroeste, y muchos habían recibido préstamos del gobierno para plantar vid y olivos. Se estaba fomentando el turismo. La zona era de una belleza paradisíaca.

El pueblo estaba rodeado de montañas que descendían hacia el valle, atravesado por quebradas de greda rojiza. Hacia la altura iban los senderos que unían la tierra con el cielo azul. Su aire era puro, y los zorzales y viuditas cantaban en los chañares y las jojobas.

En 1950 recibieron una noticia que los llenó de alegría. La primera dama de la República, Evita Perón, recorrería la provincia en una caravana, acompañada de una comitiva, y se detendría en el pueblo. Evita deseaba contemplar el paisaje de la zona y conversar con los lugareños. Para ese entonces Argentina tenía ya dos hijos, un varón y una nena, y quería que Evita los viera. La caravana llegó y se instaló en la casa del Intendente. La Primera Dama dio órdenes a sus guardaespaldas de que dejasen que la gente se acercara a hablar con ella. Argentina fue cargando un niño en cada brazo. La gente pobre del pueblo la rodeaba. Eran casi todas mujeres. Evita las abrazaba y tomaba a los niños en sus brazos. A Argentina le llamó la atención su sonrisa encantadora y su mirada. Sus ojos observaban con ternura a los que se aproximaban. Ella le dio a su hijo para que lo tuviera alzado. Evita se puso a hablar con la joven madre. Le preguntó su nombre. Ella le respondió con orgullo: "Argentina". Quiso saber cuándo era su cumpleaños. Le dijo que el 25 de mayo. "Vos sos la patria, Chinita", le dijo Evita. "Cuando te nazca un chico un 9 de julio, llamalo Ángel. Ese los va a proteger, y yo, desde donde esté, los voy a estar cuidando." Argentina se la quedó mirando con incredulidad, pero tratándose de Evita, tan joven, tan hermosa, todo era posible. Argentina era muy creyente, iba siempre a misa y desde aquel día rezaba para que se cumpliera el deseo de Evita.

Pasaron dos años, murió Evita y, pocos años después, cayó Perón. Los gobiernos militares dictatoriales castigaron a las provincias pobres del Noroeste, que habían apoyado a Perón, y las condenaron al abandono. Bernabé y Argentina tenían un hijo cada año. La familia se extendía. Bernabé agregó más cuartos a su casa de adobe y un taller. Allí puso su propia carpintería. Era joven y trabajaba muy bien la madera. El dinero alcanzaba poco y cuando ya los más pequeños fueron creciendo, Argentina empezó a buscar trabajo de limpieza en las casas de la gente más pudiente: el médico, el almacenero, el ferretero.

No había en Villa Unión un buen dispensario médico. Los peronistas habían prometido abrir una clínica, pero cuando cayó Perón el proyecto quedó en la nada. El único médico del pueblo, Rafael Villagra, se encargaba de algunos partos y de curar a los enfermos ambulatorios. Las comadres del pueblo asistían en los nacimientos. Argentina había tenido a sus hijos en su mismo rancho de adobe. A principios de 1965 ya le había nacido el hijo onceavo, pero cinco se le habían muerto de pequeños. Casi siempre de fiebre, de diarrea y de malnutrición. Ella decía que tenía seis hijos vivos y cinco angelitos. Iba siempre a llevarles flores a sus tumbas en el cementerio de Villa Unión.

1965 fue un año difícil. Había mucha pobreza. Arturo Illia había llegado a la presidencia sin verdadero apoyo popular. El pueblo no era Radical, era Peronista. Los militares ya estaban preparando otro golpe. Querían destruir al Peronismo definitivamente. Sería una dictadura cruel, para intentar erradicar al Movimiento. Argentina volvió a quedar embarazada. Esperaba el bebé a fines de junio o principios de julio de 1966. Rogó que naciera el 9 de julio, el día de la Independencia, para dedicárselo a Evita. Se dijo que lo llamaría Ángel y, si era nena, Angelita. La crisis política se agravó y el 28 de junio de 1966 los militares derrocaron a Illia. Al día siguiente, el 29 de junio, asumió el poder el General Onganía. Dijo que ese era el gobierno de la "Revolución Argentina". "Argentina no será", se dijo ella.

El día 1º de julio Argentina tuvo un sueño: vio a Evita en su cocina, sentada en una de las sillas de algarrobo. Estaba vestida de blanco, tenía el pelo rubio recogido. "¡Santa Evita!", exclamó Argentina en su sueño. Evita la miró con sus ojos oscuros llenos de tristeza, y no dijo nada. Se levantó, abrió la puerta del rancho y se fue. Argentina entendió que le había dado la señal. El 9 de julio, a las 10 de la mañana, en su casa de adobe nació Angelito. Su padre le había hecho una cunita en su carpintería. Entró al dormitorio donde yacía ella junto al bebé y se la entregó. "Es para el Ángel", le dijo.

Era un niño hermoso y lleno de vida. Bernabé dejaba a cada rato la carpintería para ir a verlo. El cura Zanabria los felicitó, era su hijo doceavo. Argentina le dijo que lo iba a llamar Ángel. El cura les sugirió que le pusieran de primer nombre Miguel, como el Arcángel. Miguel Ángel los protegería de los demonios. Les pareció muy buena idea. El cura los quería mucho y siempre trataba de ayudarlos, y llevarles comida y ropita para los niños. Una navidad les había traído un chivito para que festejaran.

Al mes hicieron la fiesta del bautismo. Cocinaron locro y empanadas y sirvieron vino patero para todos. Vino un cantor de Chilecito, que era conocido del cura. Los deleitó con zambas y cuecas. Disfrutaron mucho.

Las cosas, sin embargo, no iban muy bien para la familia. La pobreza los perseguía. Don Bernabé tenía dos hijos que lo ayudaban en la carpintería, pero no ganaban lo suficiente. Eran muchas bocas para alimentar. Argentina, que trabajaba sin descanso en su casa, atendiendo a sus hijos, iba por las tardes a ayudar en la casa del doctor Villagra, para ganarse unos pesos. Cuando salía, Bernabé llevaba a Angelito a su taller y lo ponía en su cuna. Parecía que le alegraba escuchar el canto de las garlopas. Le gustaba oler los perfumes de la madera fresca.

El 24 de diciembre de ese año, Argentina y Bernabé se prepararon para recibir la navidad. Apenas anocheció acostaron a los niños en su cuarto, menos a Angelito, que dormía en su cuna junto a ellos. Lo besaron y fueron a la cama. Al día siguiente todos se levantarían temprano. Bernabé les había hecho juguetes a los niños en la carpintería y esperaban la fiesta con alegría. La madre de Argentina había matado un pavo e irían a comer a casa de ella. Se acostaron e hicieron el amor. Poco después Argentina se durmió. A la madrugada tuvo una pesadilla y se despertó boqueando. En su sueño se le había aparecido Evita. Su cuerpo pequeño y su cabello rubio eran el de siempre, pero su rostro estaba descarnado y sus ojos vacíos. Temió lo peor. Se levantó y fue a abrazar a su hijo pequeño. Pensó que era un mal presagio. Su esposo trató de tranquilizarla. Le dijo que confiara en Dios, él los cuidaría.

Nada malo le ocurrió a la familia. Tuvieron un fin de año normal. La situación política de la provincia continuó siendo delicada. Se corrían rumores. Gendarmería vigilaba la zona. Decían que podía haber guerrilleros ocultos en las montañas, alguna columna desprendida de las tropas del Che, que estaba en Bolivia. Creían que podía haber un levantamiento popular en Tucumán y extenderse a todo el Noroeste.

Ese año el invierno prometía ser crudo. La temperatura bajó en abril. En mayo hizo frío y viento. A fines de ese mes Angelito se empezó a sentir mal. Argentina se alarmó. Ya había cumplido 33 años y no quería perder más hijos. Le costaba parirlos y criarlos. Cada uno era carne de su carne. Lo llevó al Dr. Villagra, que lo revisó. No era nada grave. Trabajaba en la casa del doctor, hacía la limpieza y el doctor le atendía a sus hijos sin cobrarle.

En junio Angelito estaba inapetente. Reía mucho, como siempre, con una sonrisa grande. Sus ojos eran oscuros, negros, como los de su madre. Argentina le daba el pecho, tenía muy buena leche, y no sabía bien qué le pasaba. El 23 de junio se despertó con fiebre. Su madre le dio una aspirina y lo arropó bien. Por la noche empezó a llorar. Cuando Argentina lo levantó de la cunita vio que tenía su cuello rígido, no podía moverlo. Alarmada, se vistió y corrió a lo del Dr. Villagra. Su esposo la siguió. El doctor se levantó para atender al niño. Lo revisó y le dijo a la madre que su hijo estaba muy mal, tenía meningitis. Argentina le pidió que lo salvara. Su hijo era un angelito inocente. El doctor le dijo que estaba en manos de Dios. Su esposo le rogó que no lo dejara así, le pidió que lo llevara a una clínica, él le pagaría. El Dr. Villagra llamó a una ambulancia y se dispusieron a trasladarlo a Chilecito. A la una de la mañana del 24 llegó la ambulancia con una enfermera. Argentina tomó a su hijo en brazos y se metió en la ambulancia, junto con su esposo. Era una noche fría, de luna. El paisaje de la montaña se tornó espectral. Llegaron a El Cachiyuyal y Angelito respiraba con dificultad. Al subir la cuesta de Miranda, la madre se sintió mal. Detuvieron la ambulancia a un costado del camino. Cuando la enfermera fue a ver al niño comprobó que estaba muerto. Argentina rompió en un llanto desconsolado. Su esposo la abrazó.

Lo velaron en su casa de adobe en el barrio de la Virgen de la Peña. Los vecinos de la pequeña ciudad de Villa Unión llegaron para ver al angelito. Su madre puso una silla sobre la mesa de la cocina y allí colocó a su hijo vestidito. Apoyó sobre la silla una pequeña escalera. Era la escalera que lo conduciría al cielo. Había muerto inocente. Tenía garantizada la eternidad. Puso sobre la mesa crisantemos. Les pedía a sus familiares y vecinos que se acercaran para ver al angelito. Todos le decían que era muy hermoso, y que ya tenía otro ángel de la guarda que la protegiera. El 25 lo enterraron en un pequeño féretro que le hizo su padre, en el cementerio de Villa Unión, cerca de sus otros hermanitos muertos. Colocaron una cruz con la inscripción: "Miguel Ángel Gaitán, q.e.p.d. 9.7.1966 – 24.6.1967".

La vida siguió su curso. Poco tiempo después asesinaron al Che en Bolivia. La Gendarmería se tranquilizó y dejaron de patrullar la zona. En las ciudades la Resistencia popular se hacía sentir. En 1969 los trabajadores de Rosario y Córdoba se rebelaron. Doña Argentina se enteraba de lo que pasaba por la televisión, que veía a veces en la casa del médico.

En 1970 Doña Argentina hizo celebrar una misa en Villa Unión en recuerdo de sus hijos muertos. Ya le habían nacido dos más. En 1971 se le murió una niña y volvió a quedar embarazada. En 1972 tuvo a su hijo número quince. Le pidió a Dios que no le llevara más hijos. Tenía nueve niños vivos, y no quería que ninguno más se muriera. Le rezó a su hijo Ángel. Siempre había sido especial para ella. Fue con el único que se le apareció Evita. No olvidaba sus palabras. Ahora su hijo estaba junto a la santa. Argentina escuchó que le habían restituido el cadáver de Evita a Perón. Había sufrido un largo exilio. Su cuerpo embalsamado estaba intacto. Doña Argentina se dijo que sería lindo ver a su hijo Ángel otra vez. Recordaba las palabras de Evita: Ángel la iba a proteger y ella misma la estaría cuidando desde el cielo.

Se hablaba de que Perón volvería al país. Argentina pensó que le gustaría ir a Buenos Aires a ver al General alguna vez si regresaba. Le contaría lo que Evita le había dicho en Villa Unión, y le diría que se le aparecía en sueños por las noches. Pero estaba tan lejos de Buenos Aires...sería difícil ir y era probable que no pudiera recibirla... Finalmente anunciaron que Perón regresaría el 20 de junio de 1973.

En el mes de febrero hubo varios días de tormenta en el pueblo. Era la temporada del viento Zonda. Llovía mucho, el cielo se cubría de relámpagos. Doña Argentina tuvo una premonición. Esa noche no pudo dormir. Sintió miedo. Algo especial iba a ocurrir. Finalmente, a la mañana siguiente salió el sol. Hacía calor. Cerca del mediodía se apareció en la casa Don Silverio. Era el encargado del cementerio. Dijo que se había inundado una parte del cementerio y el cajoncito de uno de sus hijos había aparecido a flor de tierra. Doña Argentina pensó que tenía que ser el cajón de Angelito. Corrieron con su marido a verlo. Bernabé levantó la tapa del cajón. Era Miguel Ángel. El bebé estaba intacto. Parecía que el tiempo no hubiera pasado. Doña Argentina lo levantó y lo tomó en sus brazos. Era como un muñeco. Lo besó. Pensó que también Evita sería una muñeca. Le pidió a Don Silverio Vega que por favor le construyera una bóveda de ladrillo, para que su angelito descansara en paz. Don Silverio hizo la bóveda y todo volvió a la normalidad.

En el pueblo estaban todos pendientes del regreso de Perón. Ya no estaba prohibido ser peronista. Ya no golpeaban ni encarcelaban a nadie por gritar "¡Perón, Perón!", o cantar la Marcha Peronista. Hasta se podía tener un retrato de Perón y

Evita en la casa. Se acercaba el 20 de junio, el día del anunciado retorno. Doña Argentina estaba contenta. La noche del 19 tuvo un sueño. Se presentó una figura amiga, conocida. Vio a Evita sentada al borde de la tumba de su hijo. Estaba sonriente y abría la bóveda. Saltaban los ladrillos y aparecía el cajoncito de Angelito. Evita levantaba la tapa y tomaba al niño en sus brazos.

A mediodía apareció en su casa Don Silverio. Había pasado algo raro. Durante la noche se había caído la pared de la bóveda de Ángel. El cajón estaba abierto, tenía la tapa a un costado. El cuerpo del niño no había sufrido daño. Le dijo que iba a avisar a la policía que en el pueblo había vándalos. Doña Argentina le pidió que no dijera nada, que todo estaba bien. Corrió al cementerio a ver a su hijo, lo tomó en sus brazos, lo acunó, le cantó una canción que le había enseñado su madre. Desparramados en el suelo estaban los ladrillos de la bóveda, como si alguien los hubiera arrancado con la mano.

Esa noche escucharon que habían ocurrido graves disturbios en el aeropuerto de Ezeiza poco antes de la llegada de Perón. Fueron a la casa del cura para que les dejara ver el noticiero. Se habían agarrado a tiros los Montoneros con la Guardia de Hierro. Apareció Perón en la pantalla agitando los brazos y todos se sonrieron tranquilos. El General había regresado al fin.

Don Silverio reconstruyó la bóveda dos veces más y se volvió a repetir la escena. El cajoncito amanecía fuera de la bóveda, sin su tapa, el cuerpecito expuesto a la luz y al aire.

Doña Argentina pensó que era la voluntad de su hijo, que quería ver la luz. Con su familia se pusieron de acuerdo en construir un cuarto, que se pareciera a la sala de una casa, en el cementerio y poner el cajón de Ángel allí descubierto. El cuerpo estaba perfecto, como si hubiera muerto ayer. "No está muerto", dijo la madre, "él vive".

Levantaron la casita para Angelito. Y así llegó 1974. Al fines de junio se enfermó el hijo más pequeño. Tenía fiebre. Al día siguiente amaneció con el cuerpecito rígido. Doña Argentina recordó con horror lo que le había pasado a Angelito. Corrió a lo del Dr. Villagra. El doctor lo revisó y le dijo que poco se podía hacer, que se preparara para lo peor. Tenía meningitis, como había tenido Angelito. Doña Argentina tomó al niño y se fue al cementerio. Puso al niño frente al cuerpo intacto del Angelito. Le dijo: "Hijo mío, te pido por la vida de tu hermanito, sálvalo, no dejes que se muera. Te lo pido por mí y por Santa Evita". El rostro de Ángel estaba iluminado, como si estuviera vivo. "Te pido un milagro", repitió su madre.

Con su hijo enfermo en brazos, se dirigió hacia la puerta de la rústica cripta de adobe. Salió del cementerio y se fue a su casa. Acostó a su hijo, que no se movía, en la cunita que había sido de Ángel. Se durmió en su cama a su lado.

Tiempo después, se despertó. Se dirigió, ansiosa, a la cuna de su hijo. Temía que estuviera muerto. Al levantar el cuerpecito un llanto la sorprendió. El niño estaba llorando. Lo besó, lo abrazó. Tenía hambre. Comprendió que estaba curado. Le dio el pecho. El Angelito había hecho el milagro.

Le comunicó la buena nueva a su esposo, que no salía de la admiración.

Esa noche, en su sueño, volvió a aparecer Evita. Esta vez estaba sonriente. Parecía la Madona. Tenía en su regazo a un niño. Cuando lo miró vio que era su hijo Ángel. "Te dije, Argentina, que te iba a dar un Ángel de la Guarda que los cuidara: aquí está el Ángel", le dijo. "Anuncia la nueva al pueblo. Quiero que hasta el fin de tus días cuides su tumba y te encargues de atenderlo. Muchos vendrán a verlo y hará milagros".

Al día siguiente salió con su hijo más pequeño en brazos. Se lo mostró a los vecinos. Les dijo que el Angelito había hecho el milagro. Lo había salvado. Era un angelito milagroso. Se corrió la voz en el pueblo. Esa tarde, cuando fue a visitar a Ángel, encontró que junto a su tumba había juguetes. Alguien de Villa Unión había estado allí y se los había dejado. Al rato llegó una señora con su hijo de tres años, Pedrito. "Vengo a pedirle por mi hijo al angelito", le dijo a Doña Argentina. "Pídale", dijo ella, y se fue. La señora se quedó arrodillada frente al angelito, con su hijo tomado de la mano.

Pocos días después una vecina vino a buscar a Doña Argentina. Su hija de nueve años estaba enferma. Le había dado un ataque raro y no podía caminar. Tenía fiebre. El médico le preguntó si la habían vacunado. No tenía sensibilidad en las piernas. Podía ser poliomielitis. Fueron las dos a la casa de la vecina y alzaron a la niña. La llevaron al cementerio a la cripta de adobe donde yacía el Angelito. Doña Argentina tomó a su hijo en sus brazos y se lo acercó a la niña, que lo tocó con sus manitos.

"Angelito, Angelito milagroso", dijo su madre, "te pido por mi hija Evangelina. Déjala que camine, ayúdala, sálvala". Doña Argentina le dijo: "Pídaselo por Santa Evita". "Angelito", repitió la señora, "te lo pido por Santa Evita".

Le dijo a la niña que besara al angelito y se regresó a su casa con su hija en brazos. A la mañana siguiente volvió a visitar a Doña Argentina. Traía a su hija a su lado, caminando. La abrazó a Doña Argentina. "¡Señora, señora, se hizo el milagro!", le dijo. Se fueron las tres al cementerio. Angelito estaba allí, con los ojos casi abiertos, parecía que las estaba mirando. Doña Argentina le dijo a la niña que lo levantara y lo tuviera en sus brazos.

El próximo día, 1º de julio de 1974, murió Perón. Doña Argentina fue con su esposo a la Iglesia de Villa Unión a rezar. "Señor", dijo, "ahora están juntos. Pido por sus almas, que no se separen más. Tanto que los han torturado en vida al General y a Evita, dales paz en la muerte."

El día 2 volvió a visitar al angelito. Llevaba ropa de bebé. Le había prometido a Evita que iba a cuidarlo. Al llegar vio que varias personas de la pequeña ciudad la aguardaban frente a la cripta. Traían a sus niños. Dijeron que venían a visitar al angelito y a pedirle por sus hijos. Una niña depositó frente al féretro abierto una muñeca. Un niño le puso un autito de juguete. Doña Argentina les pidió que la ayudaran a cambiarlo. Una señora lo sostuvo mientras ella le quitaba la ropa. Tenía su piel intacta, su cuerpecito fresco. "Es un milagro", dijo la señora.

Doña Argentina le puso la ropita nueva, limpia. Su hijo quedó precioso. Los visitantes se pusieron de rodillas ante el angelito milagroso. La madre salió sin decir nada y los dejó rezando.

El Mesías de la Villa 31

Marcos Feinstein fue asesinado. Se encontró su cadáver en Barracas, en un descampado, cerca de la Villa 21. Le pegaron un tiro en el corazón. Antes de matarlo lo torturaron: presentaba marcas de quemaduras y golpes en el cuerpo. Había desaparecido de la Villa 31 de Retiro hacía más de una semana. Su novia, María Mendiguren, fue la que denunció su desaparición.

Marcos vivía en la Villa 31 desde hacía más de un año. Se había criado en Palermo, en una familia de clase media. Era drogadicto. Se estaba sometiendo a un tratamiento para dejar la adicción.

Los vecinos de la villa miseria aseguran que curaba con palabras, era un sanador. Acusan a una banda de la Villa 21 de Barracas del asesinato. Según ellos, lo secuestraron y se lo llevaron allá para que hiciera milagros. No se ha encontrado

77

ninguna prueba fehaciente aún que permita determinar lo que pasó. No han aparecido testigos directos del secuestro. De seguir así no se sabrá la verdad y quedará todo en el misterio.

Lo llamaban el mesías, el enviado, y, si bien era judío, lo consideran un santo. Quieren construirle una capilla. Ya muerto, terminará transformándose, probablemente, en un mito o en un santo popular.

Soy periodista y en mi trabajo me pidieron que reuniera información sobre el caso. Lo que descubrí no cabía en una simple crónica policial. Por eso decidí escribir un informe más detallado, desde la múltiple perspectiva de sus actores. Entrevisté a las personas que lo conocieron y lo trataron. Mi principal informante fue María, su novia, mujer de gran sensibilidad y cultura, a pesar de su oficio, demonizado por la prensa amarilla. María está preparando una biografía de Marcos, a quien no conocí en vida. Ella me describió detalladamente su personalidad y me contó todo lo que había pasado. Basado en su testimonio escribí su historia. Con el padre Armando Santander, cura de la villa miseria, muy querido por los vecinos, hablamos sobre el judaísmo de Marcos y sus presuntos milagros. Todos ellos me ayudaron a comprender mejor este caso complejo.

 ## Marcos, el Mesías

Y me vine a vivir a la villa miseria. Al poco tiempo de llegar me enamoré de una chica, María. Era muy linda, se vestía con ropas buenas y me di cuenta en seguida a qué se dedicaba. No me ocultó la verdad. Yo, al principio, me consideraba un piola porque andaba con ella, pero después reconocí que estaba enamorado. No me gustaba que trabajara de prostituta, pero me la aguantaba.

No es muy difícil explicar por qué me vine a vivir aquí. Me iba mal en la universidad y abandoné la carrera de Letras. Mi viejo me pidió que me fuera de casa. Mi vieja se había muerto cuando yo era chico, de un cáncer, y mi padre cargó con la responsabilidad de criarnos. Me había encontrado drogado muchas veces y no sabía qué hacer. Creo que quería proteger a mi hermano menor, que me admiraba. Yo andaba siempre sucio y no trabajaba. Le robaba cheques, le falsificaba la firma y los cobraba. También compraba cosas con sus tarjetas de crédito. Mi viejo me dijo que ya estaba grande, que hiciera mi vida fuera de casa, que me buscara un trabajo. La casa ya no era lugar para mí. Me pidió que lo entendiera y lo disculpara. Es un pequeño empresario, muy moralista, y tenía vergüenza de su hijo. La colectividad me despreciaba, los paisanos ni me hablaban. Todos ayudaban a sus padres en sus negocios, lo único que les interesaba era el dinero. La verdad que no me comprendían.

Me fui a vivir a una pensión y traté de dejar la droga. Yo amo la literatura y me decía que el que ama la literatura no necesita drogarse. La poesía es un estimulante poderoso. Me sometí a un tratamiento para parar la adicción y, por un tiempo, dio resultado, pero después volví a reincidir. Una vez que uno la probó es difícil dejarla. Nos vence, es más fuerte que nosotros. Finalmente se me terminó el dinero y tuve que salir de la pensión. Después de andar varios días en la calle, terminé en la villa. Aquí es más fácil conseguir drogas y sobrevivir.

Mi casilla no estaba lejos de la de María. En la villa miseria la respetaban. Se llevaba bien con el jefe de una banda, el Cholo, y él la protegía. Me dijo que la había defendido de un tipo que amenazaba con matarla. Cada tanto se dejaba coger por él. Ella, como yo, había estudiado en Filosofía y Letras. Fue estudiante de Antropología. Amaba la literatura y el cine.

Me explicó que su trabajo no era difícil. Le desagradaba si el cliente era gordo, o estaba sucio. Muchas veces le tocaban tipos que estaban buenos y se la pasaba bárbaro. Se sentía bien viviendo en la villa miseria. Yo también. Me sentía protegido. La villa miseria, al principio, es un lugar intimidante, pero, una vez que estás adentro, aprendés a manejarte y te sentís seguro. Si uno se quiere ocultar, aquí nadie te encuentra. Es un laberinto y conocemos todos los pasadizos. Es un mundo aparte, una ciudad dentro de la ciudad.

Los de la banda del Cholo se dedicaban a robar autos y los vendían a los desarmaderos clandestinos de Villa Domínico. También robaban en casas: electrodomésticos, computadoras, y claro, dinero, pero ocasionalmente. Se especializaban en autos. Los villeros no se metían con ellos y, a su modo, los protegían. En la villa miseria no se admiten soplones. Aquí todos odian a la yuta.

Cuando los de la banda supieron que yo andaba con la

flaca me empezaron a fichar. Ella no me daba plata. Los de la banda sentían envidia de nosotros porque veníamos del mundo de afuera y teníamos algo que ellos no habían podido tener: educación. Muchos fingían despreciarla, pero les hubiera gustado haberse educado. Yo y la flaca éramos una especie de recurso intelectual. El Cholo, el jefe de la banda, me dijo que él había dejado la escuela a los doce años, y que no entendía cómo nosotros podíamos haber estudiado pasados los veinte. No lo imaginaba. Para él éramos como turistas en la villa miseria. Nosotros nos sentíamos como espíritus viajeros o poetas malditos.

Yo me adapté a vivir en la villa. La gente era solidaria. Los vecinos sentían curiosidad y me preguntaban cosas. Se mostraban hospitalarios a su modo. Me preguntaban por mi familia. Querían saber por qué estaba ahí. Me convidaban con cerveza y algunos me invitaban con mariguana. Me confiaban sus problemas, y me contaban cosas que les pasaban. Algunas mujeres me consultaban cuando tenían problemas con los hijos en la escuela. Creían en los demás. Uno no tenía que demostrarles nada. No te juzgaban. Los domingos mis vecinas me traían empanadas. Empanadas norteñas, con papa, picante y mucho jugo. Una señora, cuando me veía muy mal, venía y me lavaba la ropa.

Un muchacho guitarrero me pidió algunas letras para sus canciones. Yo compuse una que se hizo popular en la villa, "La masacre", la habrán escuchado. Hablaba de la vida de los pibes chorros. Un grupo de cumbia después la popularizó. Eso bastó para que me admiraran. Decidí empezar un taller de poesía. Primero hablé con el cura. Le pedí que me dejara usar su casa, que estaba junto a la capilla, pero se negó. Después hablé con las madres del comedor infantil. Les gustó la idea y me dijeron que sí. Daba mis clases en su galpón los miércoles por la tarde. Por supuesto que no cobraba nada, mi interés era ayudar a la gente a entender y gozar la poesía. Para mí es el máximo tesoro de nuestra cultura. Al principio venían muy pocos. Los hombres tenían muchos prejuicios. Creían que la poesía era cosa de mujeres, o de homosexuales. No querían participar. Decían que no la entendían. Pero después la actitud cambió. Yo me senté con paciencia a trabajar con ellos y, al tiempito, ya había grandes exégetas, que podían leer a Vallejo y emocionarse. El libro favorito del taller era *Los heraldos negros*. Muchos de los alumnos, que oscilaban entre los quince y los veinticinco años de edad, se aprendieron poemas de memoria. Los favoritos eran "Los heraldos negros", "Dios", "Ágape" y "Espergesia".

Yo les enseñé a reconocer la voz presente en el poema. Un día uno me preguntó cómo hacía el poeta para recibir esa voz. Yo le dije que no se sabía, ese era el gran misterio de la poesía. Otro me preguntó si él podía hacer algo para escuchar la voz. Pensaba que era poeta, escribía, pero aún no había sentido una voz. Le dije que no se podía hacer nada. El que no recibía la voz era un aprendiz de poeta, el verdadero era el que la recibía. Esa voz venía de afuera, y era como la voz de dios, una iluminación. Otro me preguntó si el poeta era como un profeta. Yo le dije que casi. Después de un mes empezó a venir al taller el Cholo, el jefe de la banda. Al principio pensé que venía a espiarme, pero luego comprobé que le interesaba la poesía. Tenía sensibilidad y leía muy bien. Su voz era grave y serena y transmitía gran emoción.

No muy lejos de mi casilla, como a doscientos metros, vivía el Padre Armando. Al lado de su casa estaba la capilla. Era relativamente grande, podían entrar sesenta personas sentadas. El Padre Armando había llegado allí hacía varios años. Era un cura villero. Los vecinos lo querían. Muchos de los que iban a misa y comulgaban eran malvivientes. El Padre sabía a qué se dedicaban, pero no los juzgaba. Yo creo que prefería rezar y pedirle a dios por ellos. En un principio desconfiaba de mí. Sabía que me drogaba y me había criado en una familia pudiente. Después me fue conociendo y cambió su actitud. Cuando empecé a curar gente, creyó que todo era una farsa. Yo mismo no entendía lo que pasaba. Después se fue convenciendo de la verdad y yo también.

La villa miseria era como un pueblo grande. Sus habitantes la conocían bien por dentro. El mundo de afuera les parecía inclemente y en la villa se sentían seguros. Yo venía de ese mundo de afuera, moderno y pujante. Yo, el cura Armando, María Azucena, o María, como la llamaban todos, éramos extranjeros en la villa. Éramos como turistas pasando una temporada, o eso pensaban ellos. Los villeros auténticos eran los pobres pobres. Muchos llegaban de los pueblos del interior, y de los países limítrofes. Parecía las Naciones Unidas.

Había chilenos, peruanos, bolivianos, paraguayos. Uruguayos pocos, se creían mejores que los demás y preferían vivir en las pensiones de Constitución o San Telmo.

Los otros foráneos que entraban a la villa miseria eran los políticos. Se apoyaban en algún puntero para ir ganando influencia. Llegaban de distintos partidos, pero a los que les iba mejor era a los peronistas. Los pobres quisieron mucho a Perón y lucharon por su vuelta. Los viejos se acordaban de él, y los jóvenes habían oído las historias de sus padres. Los peronistas les consiguieron a algunos la escritura del terreno que ocupaban. También pusieron plata para la ampliación de la capilla y el equipamiento del dispensario médico. Ese dispensario le salvó la vida a más de un muchacho. Aquí hay peleas serias a cada rato. La gente es brava. La policía no entra. Nadie denuncia a otro cuando le roban o le pegan. Se defiende como puede y se venga, sólo o con amigos. Heridas de cuchillo o de bala es lo más común. En el dispensario los atienden y no les hacen preguntas, siempre y cuando la riña haya ocurrido dentro de la villa miseria. Cuando la persona fue herida afuera es otra cosa, sobre todo si se trata de heridas de bala. Ahí los del dispensario tienen obligación de dar parte a la policía. Casi nunca lo hacen, pero los que pasan por esa situación raramente van allí.

Hay algunos punteros que tienen bastante influencia, y distribuyen planes de comida. A los muchachos de la pesada los respetan. Tratan de mantener buenas relaciones con todos y tenerlos de su parte. Cada banda es como una pequeña empresa y le da de vivir a más de uno. El Cholo, por ejemplo, siempre le tira unos pesos al padre para la capilla. Cada vez que un robo va bien, le hace un buen regalo de dinero al curita. Este lo usa en el comedor de la villa miseria, que manejan las madres. Hay muchos pibes huérfanos. Así que entre todos nos arreglamos. De afuera recibimos poco. Si no robaran les iría mucho peor a los otros. El robo viene a ser como un impuesto. Como un impuesto de los pobres a los ricos.

Todos los días por la tarde los chicos y los no tan chicos juegan al fútbol en el potrero de la villa. Muchos sueñan con salir de aquí a algún club grande. A veces vienen representantes de los clubes, a ver si ven a algún pibe interesante, con promesa. Los punteros de la villa miseria crearon una timba alrededor de los partidos de los sábados. Corre bastante plata y el equipo tiene un buen director técnico. Se juega a las tres de la tarde. Siempre hay algún equipo de otra villa miseria que nos desafía, y se apuesta. Sé que muchos se juegan bastante dinero, y el que no paga, la liga. Hubo muchas peleas por culpas de estas apuestas. También amenazan a los jugadores. Tienen que cumplir, y defender el nombre de la villa. Si ganan les dan plata. Aquí hay que bancársela y ninguno es inocente. Aprendemos a defendernos. Sobrevivimos como podemos.

En la villa miseria la mayoría de la gente trabaja. Son peones, albañiles, sirvientas, vendedores callejeros, ayudantes de cocina, hacen de todo, mucho trabajo manual, mal pago. Por eso hay tanta pobreza. Aquí viven muchos miles de personas. Trabajan salteado, hacen changas, se las rebuscan. Las que más trabajan son las mujeres. Hay señoras con muchos hijos, y no les alcanza para mantenerlos. Siempre alguien las ayuda. Tratamos de que nadie pase hambre.

A la gente le gusta escuchar historias policiales. Por la noche, cuando se juntan en los bares de la villa miseria a tomar cerveza, los más bravos cuentan sus hazañas. Yo he escuchado muchas aventuras interesantes. Alguna vez las voy a escribir. Las mujeres cuentan historias de amor muy lindas. En la villa hay una mayoría de gente joven. Muchos niños.

Los callejones están muy sucios, la gente tira basura, pero uno se adapta. Yo estoy bastante contento. ¿Qué voy a hacer, volver a Palermo, rogarle a mi viejo que me perdone y me permita ser un buen burgués arrogante? Imaginate, soy judío, la colectividad se reiría de mí y harían una campaña para internarme en una clínica de enfermos mentales. Yo siempre quise ayudar a los demás, salvar a alguien. Tengo complejo de mesías.

Mis padres eran personas cultas. De chico yo me pasaba las tardes en la biblioteca y faltaba bastante a la escuela. Me gustaba leer. Siempre he leído mucho. Aquí en la villa miseria los libros se humedecen y se arruinan. Yo tengo un lector electrónico donde guardo cientos de libros que pirateo de internet. Tengo de todo y en varias lenguas, porque leo bien el inglés y el francés. El inglés me lo enseñó un tutor que me puso mi viejo, un americano de Boston. El francés lo aprendí por mi cuenta, leyendo y viendo películas francesas en video.

La Villa 31 ha progresado bastante. Ahora tenemos estación

de radio y un pequeño periódico. A mí los chicos siempre me entrevistan, recito alguna poesía, a veces les leo cosas que escribo. Me piden opiniones de política, pero de eso no hablo mucho. Lo mío es la literatura. La literatura del dolor. Para mí es la más auténtica. La otra me gusta menos. Me parece falsa. La verdadera literatura no puede alimentarse de la felicidad. La felicidad es un sentimiento superficial. De aquí algún día saldrá un Baudelaire o un Rimbaud, hay mucho talento en bruto por cultivar. Yo con mi taller ayudo. Tenés que ver como analizan la poesía de Vallejo.

En mis clases de poesía leíamos el poema "Dios", que comienza: "Siento a dios que camina tan en mí ...". Vallejo dice que va caminando por la playa y siente la presencia de Jesús a su lado. Jesús está triste, sufre "un dulce desdén de enamorado" y por eso, cree el poeta, "debe dolerle mucho el corazón". Cuando llegábamos a esa parte del poema alguno de mis estudiantes siempre se emocionaba, y se le saltaban las lágrimas. Les llamaba la atención que el poeta hablara con dios. Empezaron a ver la clase de poesía como una clase de religión. Yo se lo conté a María, mi amiga, y ella se quedó intrigada.

Desde que vine a vivir a la villa miseria traté de curarme y luchar contra la adicción. En el dispensario de la villa me daban pastillas de metadona para que fuera dejando de a poco las drogas. Quería ponerme bien y no terminar internado o muerto. Un grupo de guachos que se drogaban con cualquier cosa me venía a buscar, pero yo evitaba salir con ellos. Había días que empezaba a temblar porque no tenía nada para inyectarme, pero me la aguantaba. Mi relación con María empezó a ir cada vez mejor. Hacíamos el amor a la hora de la siesta. Ella se acostaba tarde por la noche y nunca se levantaba antes del mediodía. Yo trataba de no mostrar celos. No le preguntaba nada sobre su trabajo nocturno. Creo que me enamoré de ella porque hacía bien el amor, e imaginaba que me quería. Probablemente le gustaba, pero reconozco que María no es de las que se enamoran fácilmente de nadie. Es una mujer poco sentimental, aunque protectora y buena amiga. Me cuidaba. Tenía más dinero que yo, y me regaló una remera Lacoste celeste que me envidiaban y otras cosas lindas.

Un día le pegaron un tiro en el estómago a uno de la banda del Cholo. Era un muchacho flaco y alto, le decían el Lombriz. Me vinieron a buscar para que los ayudara. Les dije que había que llevarlo a un hospital para que lo operaran o se moriría. Era grave y en el dispensario de la villa no tenían los medios para tratar un caso así. No querían ir a un hospital, en el hospital llamarían a la policía y lo entregarían. Les sugerí hablar con el cura a ver qué se le ocurría. No les gustó la idea. En el tiroteo habían herido a un cana y los buscarían. La situación era desesperada. Yo me acordé de mi primo Sergio, que vive en Belgrano. Es médico, y el Cholo me dijo que lo llamara. Mi primo se sorprendió al escuchar mi voz. Le dije que tenía que verlo por algo muy delicado. A regañadientes aceptó. Fuimos con el herido a su consultorio. Mi primo es ginecólogo y se asustó al ver a los de la banda. Tenían una apariencia bastante siniestra. Le dije que no había tiempo que perder, estábamos jugados. Mi primo hizo poner al herido en una camilla. Había que sacarle la bala. Necesitaba operar. No podía hacerlo solo. Hacía falta un anestesista. Ellos se negaron a llamar a nadie. El Cholo le dijo que lo operara ahí mismo, como pudiera. Sergio, viendo que no había otra opción, se resignó y se preparó para sacarle la bala. Le trajo al herido un vaso con coñac y le pidió que se lo bebiera para relajarse. Después le metió un pañuelo en la boca y le dijo que lo mordiera. Entre todos lo agarramos y lo sostuvimos para que no se moviera. Cuando Sergio tocó la zona de la herida se retorció de dolor. Mi primo hizo una incisión donde había entrado el proyectil, introdujo una pinza como si nada y empezó a hurgar. El herido se desmayó. Logró localizar la bala y la sacó. Nos miramos aliviados. Vendó la herida con cuidado. Todo no duró más de quince minutos. Estaba orgulloso de mi primo. El muchacho había perdido bastante sangre. El corazón había aguantado bien, gracias a dios. Mi primo me dijo que estaba muy débil y podía sobrevenirle una infección. Teníamos que darle antibióticos y cambiarle el vendaje diariamente, a ver si se salvaba.

Lo llevamos de vuelta a la villa miseria. Volaba de fiebre. El Cholo y sus hombres lo escondieron en una casilla. Estuvo varios días delirando. Trataban de alimentarlo con caldo y pollo, pero vomitaba. Yo ayudaba y pasaba todos los días a cambiarle las vendas. Tenía miedo de lo que pudiera pasarme si se moría. Finalmente mejoró y se salvó y me quedé tranquilo.

Seguí con mi taller de poesía los días miércoles. Tenía

varios estudiantes. Dos semanas después apareció en el taller el herido. Se lo veía débil aún. Ese día hablamos del poema "Dios" de Vallejo. Al final de la clase el Lombriz se acercó a mí, se arrodilló y me pidió que le diera la bendición. Le dije que me alegraba verlo bien, pero yo realmente no había hecho mucho por él, sólo había ayudado, era mi primo el que lo había salvado. No entendió razones, estaba alterado, tenía fiebre y le hice caso. Puse mi mano sobre su frente y lo bendije en nombre de dios. Sentía miedo y lo que menos quería era discutir con él. El Cholo y sus hombres son peligrosos.

Dos días después vi que en la puerta de mi casilla habían depositado un ramo de flores blancas. Le pregunté a María si sabía quién había sido, me dijo que no. En la próxima clase de poesía vi que tenía una estudiante nueva. Era una señora morena, aindiada, de más de cuarenta años. Al final de la clase se arrodilló ante mí y me dijo que era la madre del Lombriz. Aseguró que yo había curado a su hijo, le había salvado la vida. Le dije que había tratado de ayudar aunque no era médico. La mujer me dijo que era un santo, y me pidió que la bendijera. Yo le dije que no podía, no era católico. Igual que su hijo antes, la mujer no se movía, seguía arrodillada. Finalmente accedí y la bendije en nombre del padre.

Me estaban haciendo fama de sanador. El cura, que fue el primero que se dio cuenta de lo que pasaba, reaccionó mal. Les pidió a sus fieles que no vinieran a mi taller de poesía ni me visitaran, les dijo que yo no tenía nada que ver con Cristo. Desconfiaba de mí porque sabía que era judío.

A una vecina se le enfermó un bebé de un año. Vivía casilla por medio con la nuestra. Siempre hablaba con María, a su modo eran amigas. La mujer llevó al bebé, que tenía mucha fiebre y diarrea, al dispensario médico de la villa miseria, y después, por recomendación de la enfermera, fue al Hospital Argerich de La Boca. El chico presentaba una enfermedad extraña, los médicos no sabían bien qué era. La madre pensó que su hijo se le moría. Desesperada se lo dijo a las vecinas, y le pidió al padre de la criatura que por favor hiciera algo. El hombre, un albañil paraguayo, no sabía a quién recurrir. Me vino a hablar a mí. Y yo ¿qué podía hacer? De medicina no sé nada, lo mío es la literatura, la poesía. El albañil estaba muy nervioso y me pidió que le rezara. Le dije que sí, que le iba a rezar. Quería calmarlo. Al día siguiente volvió y me dijo que por qué no le había ido a rezar. Yo no le entendí bien, le aseguré que había rezado y había pedido por su hijo, pero el hombre deseaba que yo fuera a su casilla y rezara allí. Yo le dije que pidiera ayuda a otro, yo no podía hacer más. El hombre fue y se lo dijo a la mujer, y esta a las vecinas, y al rato vinieron todas las mujeres a gritar enfrente de mi casilla. Prácticamente me arrastraron. Me llevaron ante la cuna del bebé, que no se movía y estaba muy pálido. Yo me arrodillé e improvisé una plegaria, le toqué la frente y le pedí a dios que le diera salud, lo curara y le dejara la vida. ¡Pido por su vida!, empecé a gritar, y las mujeres se arrodillaron detrás de mí y empezaron a gritar a coro.

Fue algo bastante impresionante. Sé que el cura se enteró

después y no me extrañaría que me denunciara como un farsante que trata de curar sin estar habilitado. Las mujeres gritaban cada vez más. En medio de esa algarabía el nene abrió los ojos y nos miró con sus ojitos afiebrados. No sé cómo, pero al otro día el bebé se despertó bien, parecía que ya no tenía fiebre y empezó a comer. También se le detuvo la diarrea. Por la tarde empezaron a llegar mujeres frente a mi puerta, se arrodillaban y encendieron velas. Yo no quería salir, no sabía qué decirles, y me daba miedo que se produjera un incendio y nos muriéramos todos quemados. Las mujeres dejaban las velas sobre el barro del callejón. Se quedaron a rezar, algunas apenas si movían los labios y otras decían en voz alta el padre nuestro. Al otro día había pasado todo. Recogí las velas a medio consumir que habían quedado tiradas enfrente de la casilla. Me habían dejado cosas de regalo: latas de comida, botellas de cerveza y otros comestibles.

Esa noche me vino a hablar el cura, me dijo que me estaba burlando de su religión, que yo era judío y me hacía pasar por cristiano. Le expliqué que lo que ocurrió no era culpa mía, no había sido mi voluntad, me habían obligado a ir a la casilla donde estaba el chico enfermo. No había invocado al dios cristiano, sólo había pedido en voz alta por la vida del bebé. Me dijo que me cuidara, y me preguntó qué hacía un judío viviendo en la villa, seguro que yo tenía parientes en buena posición y con dinero. Le respondí que había tenido un problemita y mi estadía allí era temporal. Al final me entendió. Se dio cuenta que yo no tenía malas intenciones. Cambió su actitud, y al tiempo casi nos hicimos amigos. Quería realmente a los pobres, era un cura villero. Me dijo que en Argentina nadie entendía al pueblo, excepto algunos peronistas, y que el pueblo estaba en la villa miseria.

- El único que se compadeció de los pobres fue Perón - me dijo - Algo tenía de santo ese hombre.

Yo asentí, simpatizaba con el viejo. Había leído *La hora de los pueblos*, me parecía un muy buen ensayo. Le dije que Perón escribía bien. El cura me dio la razón y dijo que casi nadie lo leía, que los supuestos intelectuales ni siquiera sabían que las obras completas de Perón tenían 35 tomos.

- En este país lo que falta es justicia - dijo.

Durante varios días me dejaron tranquilo, pero a la semana siguiente se enfermó otro chico y, como los villeros no les tienen confianza a los del ambulatorio y en el hospital hacen poco y nada por ellos, otra vez me vinieron a buscar. No era nada grave, sólo tenía un poco de fiebre. Los vecinos creían que yo podía interceder ante dios y ayudar a que los escuchara y les concediera favores. Una señora me dijo que yo era como un santo. Le respondí que era judío y mi religión no aceptaba la santidad. En todo caso podía ser un profeta.

- ¿Un profeta? - preguntó la mujer.
- Sí, alguien que anuncia el futuro - respondí.
- Como un mesías - dijo ella.
- Más o menos - respondí yo.

El chico se puso bien en pocos días. Otra vez aparecieron

las velas frente a mi casilla y me empezaron a llamar "el mesías".

Después le tocó al hijo del Cholo: se enfermó y casi se muere. La madre no confiaba en mí y no quería que viera a su hijo, pero el Cholo me lo trajo igual. Recé por él y el pibe se salvó. Después de eso empezó a llegar cada vez más gente. Un día me trajeron a un señor que no caminaba y que, según decían, era paralítico. El señor se fue caminando y se corrió la voz que yo lo había sanado. Muchos querían darme dinero, pero yo no lo aceptaba. Venían también de otras villas miserias, mi fama se iba extendiendo. La gente empezó a ponerse exigente. Creían que era infalible. Empecé a sentir un poco de miedo, recibí varias amenazas. Me decían que si el enfermo no se curaba yo la iba a pagar. Pensaban que yo tenía un poder, y en algún momento lo iba a usar contra ellos.

Traté de convencer a María de que nos fuéramos de la Villa. Yo quería que ella dejara su vida de prostituta, temía que se contagiara de sida. Le dije que podíamos empezar juntos en otro lado. Pero ella se resistía. Decía que yo en la villa miseria tenía una misión que cumplir. Yo había recibido un don de dios. Era verdad que sanaba. Yo nunca lo pedí, ni me sentía con méritos. Si dios me dio esa facultad, es porque él me escogió. ¿Y qué dios, el judío o el cristiano? Para mí no hay diferencia, dios es uno solo, pero la gente de la villa miseria es cristiana y tenía una fe impresionante...

 # María, la novia

Marcos para mí era un genio. Lo admiraba. Yo andaba mal, hundida, tenía que sobrevivir trabajando de prostituta. Llegué a esa situación como tantas otras minas en Buenos Aires. Por amor. Me enganché con un chabón que estaba metido en la falopa. Uno la prueba y después cagó. No hay manera de pagarla, hacía la calle y ni así. Marcos me ayudó, para mí fue providencial y yo se lo agradezco a dios. Encontrarlo fue lo más grande de mi vida. No me enamoré de él como una mujer se enamora de un hombre. Fue algo distinto. Yo no había sido una persona religiosa hasta que lo conocí a él. El sufrimiento me hizo entender la fe. Los pibes de la universidad se burlan de la religión. Es que somos hijos de la enciclopedia: Voltaire, Rousseau y Diderot están vivos en los pasillos de Filosofía y Letras. Igual que Marx, que no entendía nada del mundo del espíritu, de la locura de los poetas y de los amantes. Cuando una sale a la calle le pasan cosas, y cuando hace la calle ni te cuento. Ahí la razón no sirve para nada, ahí entendés que el ser humano está hecho de impulsos y de instintos. La razón te enseña a separar a la gente en categorías, y eso no sirve para vivir. Vivir es nadar en la tormenta, mantenerte a flote como sea. Para vivir hace falta…vida, no razón. Como dirían en la villa, hacen falta huevos. Coraje, ganas de vivir. En suma, amor. Se reirán porque yo pronuncio esta palabra. Pero todas las putas que conozco buscan una sola cosa: amor. Hacen la calle porque no tienen trabajo y la calle paga bastante bien. Tienen hijos, madres ancianas y les falta un hombre trabajador. La mayoría de ellas llegaron ahí por falta de amor, son mujeres que se sienten mal, una porquería y creen que un día alguien va a venir a rescatarlas de la inmundicia... Casi nunca lo encuentran... Yo, que soy más afortunada que muchas (tengo a Marcos), empecé a buscar la salvación en dios... Algunos se reirán...pero me van a entender el día que anden en la falopa...y se sientan cada vez más hundidos, dentro de un pozo sin fondo, que te va chupando poco a poco. Sentís que vas a ahogarte en un agua espesa ... y vos querés... ¡vivir! Vivir, ésa es la piedra de toque, el resto son pavadas, boludeces.

Yo estudié antropología porque me gustaba la gente rara. Desde piba me interesó viajar. Leía libros de geografía y de viajeros que habían visitado países de Asia y del África negra. Una vez fui con mi viejo a Jujuy y eso me cambió la vida. Nos quedamos en Tilcara. Mi viejo conocía a un filósofo que vivía allí. Era un tipo de lo más original, hijo de alemanes. Había sido discípulo de Kusch. Le gustaba Heidegger y creía en la poesía y el espíritu. Yo era una adolescente, y no entendía qué podía hacer ese hombre en ese pueblo perdido en la Quebrada de Humahuaca. El paisaje me fascinó y la gente me parecía salida del paisaje. Había una correspondencia evidente entre la tierra y la gente. Nunca había sentido algo así antes. De ahí en más empecé a interesarme en lo telúrico, en el espíritu de la tierra. Sentí que en nosotros estaba presente la tierra, el paisaje. Los pobres dejaron de darme miedo.

Mi viejo es profesor en la universidad, enseña historia, y los historiadores siempre están tratando de averiguar lo que pasó. A mí me interesaba más bien interpretar cómo era la gente, sus sentimientos. Empecé, a los quince años, a leer libros de antropología. Después entré en Filosofía y Letras. En la universidad conocí a Héctor, que para mí era un dios. Era un tipo muy melancólico, y me fascinaba. Se deprimía y empezaba a tomar pastillas. Cuando las pastillas ya no le hacían nada se inyectaba, y yo, que lo amaba, hacía todo lo que hacía él. Así nos hundimos los dos. Yo iba a los bares a levantar tipos para sacar algo de plata y poder comprar drogas. Era un círculo sin salida. Un día los padres lo encontraron muerto en su cuarto. Se inyectó de más y tuvo un paro cardíaco.

Yo me fui de mi casa y me perdí en el mundo de las drogas. Entré a trabajar tres días por semana en un prostíbulo de la calle Esmeralda. El resto de la semana estudiaba. Después empecé a trabajar cinco días y dejé la universidad. En el prostíbulo tenía varias amigas, muy interesantes. Muchachas del interior, del Uruguay, de Paraguay. Todas muy lindas. Una de ellas vivía en la 31 y vine a vivir con ella aquí, era cómodo y céntrico. En la villa era fácil conseguir drogas y me la daban de fiado cuando no tenía para pagar. Ella después de varios meses se volvió a Paraguay. Yo la extrañé, me estaba enseñando guaraní.

A los pocos meses llegó Marcos. Era un tipo simpático. No me resultaba atractivo, pero yo a él sí. Le gustaban las putas.

Tenía problemas para coger. Era solitario y muy tímido. Creo que le daba miedo la gente. Leía mucho, sobre todo poesía. Le gustaba también el ensayo. Nunca lo vi leyendo novelas. Su espiritualidad era increíble. Para él la poesía era como el pan de cada día. La respiraba. Me dijo que era judío y su papá era muy estricto, y lo había echado de su casa cuando descubrió su adicción a las drogas. Había estudiado Letras.

Éramos dos almas gemelas. Al principio, creíamos que estábamos en la villa miseria por un tiempo, unas vacaciones prolongadas, y que después volveríamos a nuestros barrios y a nuestra buena vida...cuando estuviéramos bien...pero eso no pasó. Es difícil salir de la villa. No se puede volver al pasado. Nos fuimos hundiendo y perdimos la voluntad. En la villa miseria nos sentíamos seguros, nadie nos juzgaba y hasta nos tenían admiración.

Cuando me vine a vivir aquí me molestaba la suciedad de los callejones, el barro cuando llueve, pero me la aguantaba. Después me fui interesando cada vez más en la gente y hasta pensé en escribir un libro sobre la villa miseria y sus habitantes. Los porteños de clase media no los conocen, los deprecian, los demonizan, los consideran bárbaros. Ellos son peores que los villeros, con sus prejuicios y su egoísmo. Sentí que se estaba repitiendo la vieja historia del siglo diecinueve, cuando los jóvenes liberales acusaban a los gauchos, a quienes Rosas protegía, de ser criminales y bárbaros. Después, durante los gobiernos liberales de Mitre y Sarmiento, los políticos y la policía corrupta perseguían a los gauchos, que, como Martín Fierro, se iban a refugiar con los indios. No les quedaba otra. Eran carne barata. Ya habían dado al país todo lo que éste necesitaba: peones rurales y brazos para la guerra. Para el trabajo ya no les hacían falta. Trajeron extranjeros a cultivar la tierra. Los echaban de sus campos como si fueran perros. Les robaban lo poco que tenían, les destruían las familias. Ni hijos les dejaron.

Yo me fui convirtiendo a la "barbarie", como las chinas gauchas y las cautivas. Sentía cada vez más que esta gente era auténtica y nuestra clase media era cipaya, extranjera. No entendían a los pobres, no los querían entender, porque se creían superiores. Nosotros nos escondíamos en la villa miseria porque la sociedad mercantil en la que nos habíamos criado nos despreciaba, por diferentes, por inadaptados, y ya no teníamos lugar en ella. Nos escapábamos de la vulgaridad de la clase media, descansábamos del peso de haber sido criados para repetir la historia de nuestros padres, y de aquellos que se habían vuelto nuestros enemigos.

Marcos andaba casi siempre drogado y no se daba cuenta de lo que pasaba alrededor suyo. Había leído mucho, la literatura era su mundo, no diferenciaba bien la fantasía de la realidad. Él me decía que todos los poetas estaban un poco locos. Escuchaba voces que le hablaban. Yo le preguntaba de qué le hablaban, y él me decía que le hablaban de dios.

– ¿Cómo a Vallejo, el poeta? - le pregunté.

– Como a Vallejo - me contestó.

Una vez me contó un sueño que me impresionó mucho. Se le apareció un hombre joven y risueño que lo miraba con simpatía. Mientras le hablaba sacó un cuchillo, y con la punta del cuchillo se empezó a hacer cortes en su mano izquierda. Se hacía cortes prolijos, de forma geométrica y un centímetro de profundidad. Ponía mucha atención y cuidado. Parecía no sentir dolor, como si se tratara de la mano de otro. Marcos lo observó y vio que tenía varias cicatrices en las manos, las muñecas y la cara, de otros cortes que se había hecho antes. El hombre estaba calmo y lo miraba sonriendo. Marcos, asustado, le preguntó por qué se hacía eso. El otro respondió, sin darle mucha importancia, que era "déjà vu". Marcos no lo entendió. Le preguntó de nuevo y el otro repitió la misma frase, siempre sonriendo. Ese fue el final del sueño. Tratamos de interpretarlo. Marcos hablaba bien el francés. "Déjà vu" significaba que estaba viendo algo que ya había pasado antes, se trataba de la repetición de una experiencia anterior. Le dije que la escena que aparecía en el sueño para mí era una escena de castración. Él estuvo de acuerdo. Era judío y en su religión el ingreso del niño en la familia dependía de la castración ritual. Marcos, simbólicamente, había sido expulsado de su comunidad por su padre, que le pidió que se fuera de su casa. Sentía culpa y por eso su angustia de castración. Yo creo que él trató de fundar otra comunidad, fuertemente espiritual, en la villa miseria, para compensar esa pérdida. Esta nueva sociedad se reunía alrededor de la poesía. Su libro sagrado era *Los heraldos negros*. El sujeto central de ese libro es la relación del ser humano, condenado a sufrir, con su dios.

No sé donde Marcos esté ahora, en algún lugar en el cielo,

lo más probable es que vele por nosotros, porque nos amaba. Espero que construyamos pronto la capilla, para que podamos rezarle y tenerlo siempre aquí presente. A través de Vallejo, Marcos se acercó a Cristo. Yo conversé esto con el cura, y él también lo cree. Me dijo que Marcos había entendido el mensaje de Cristo y sabía que era el verdadero dios. Yo he estudiado mucho las culturas del noroeste, ellos identifican a dios con la tierra. En la villa miseria igualmente triunfa la tierra con su gente. Para muchos la villa es la barbarie, pero yo creo que es una Argentina que contiene su propia verdad. La clase media no puede entenderla porque es egoísta y no siente caridad. Por eso estigmatiza a los villeros. Nos han condenado a vivir así. Y si dios mandó a Marcos para que enseñe y cure, es porque nos amaba y buscaba liberarnos de nuestra esclavitud.

Yo me quedé a vivir aquí porque me sentí bien entre los pobres. Soy una rebelde, siempre lo fui, y Marcos también. Pero él sufría más que yo, entiendo por qué, sufría por los otros. Por eso le gustaba Vallejo, que es el poeta del dolor. Cristo era un rebelde, que criticó a los sacerdotes corruptos y a los mercaderes de las sinagogas. Yo soy anticapitalista, y no creo en la familia, prefiero ganarme la vida como prostituta, es lo más sincero y honesto que puedo hacer. La familia es una institución morbosa, esclaviza a los hombres. Ellos vienen a mí para sentirse reconocidos. Vienen humillados. Yo los escucho.

¿Fue Marcos un santón? Sí, lo fue, porque lo elevó el pueblo. No bajó de los altares, subió a ellos de la mano del pueblo de la villa miseria. Son los villeros los que lo bautizaron con su agradecimiento. Son ellos los que lo reconocieron. Dios lo eligió a él para hacer milagros. Yo, antes de conocerlo, era una drogadicta autodestructiva que una vez se había paseado por los pasillos de Filosofía y Letras. Después que él llegó a la villa empecé a pensar en dios seriamente. Dios no ha muerto: se equivocó Nietzsche, y también Marx. Al pueblo lo drogan, lo envenenan, pero la religión no tiene la culpa. Lo envenenan de odio los que lo explotan, los que lo obligan a vivir de manera subhumana. Por eso vino Perón, él único político argentino que supo pensar el problema de la barbarie en el mundo actual. De no haber sido por Perón, en este país hubiéramos tenido una guerra civil. Es el único que supo acercarse al pueblo. Cuando él llegó había dos argentinas: las masas pobres y la oligarquía. La clase media era una clienta de la oligarquía. Él nos enseñó a pensar en el pueblo. El populismo está salvando a Latinoamérica. Yo en el fondo vine a la villa miseria para humanizarme, hastiada de la clase media y la familia fascista. No quise reproducirla. Prefiero ser puta, rebelde e independiente. ¿Los villeros? Son mis iguales, vamos a salvarnos juntos.

Cholo, el ladrón

Cuando Marcos llegó a la Villa 31 todos se reían de él. Era un tipo flaco, pálido, de nariz ganchuda. Se lo veía cobarde, apocado, sin ánimo para nada. Muchos lo miraban mal para provocarlo, querían demostrarle que eran superiores a él y se hacía el desentendido. No sabíamos por qué había venido a la villa miseria. Pensamos que era un infiltrado de la policía, pero después vimos que se drogaba y comprendimos que no era cana. Entraba y salía de la Villa y andaba siempre con un libro en la mano. En un primer momento pensamos que era puto. Una vez un muchacho de mi banda lo paró y le preguntó que qué libro llevaba. En la villa miseria el único libro que tienen los adultos es la Biblia, o algún libro que les pasó el cura. Dijo que era un libro de poesía y empezó a recitar un poema. Nos reímos de él, pensamos que estaba loco. Después anunció que iba a dar un taller de poesía. ¿Quién iba a asistir a un taller de poesía en la villa miseria? En un principio fueron una o dos mujeres. Les gustó y hablaron bien de él. Invitaron a sus maridos para que las acompañaran. En seguida se popularizó. Tuvo tanto éxito que se le llenó de gente y hasta yo fui un día, llevado por la curiosidad, y a mí nadie me puede tratar de flojo o de cobarde: soy el jefe de una banda reconocida y no le temo a la muerte, me la jugué muchas veces. Es que teníamos muchos prejuicios contra la poesía, creíamos que era cosa de maricas y mujeres. Yo nunca había leído poesía. A mí me gustaba la cumbia villera, que habla de las luchas de nuestra gente. Aquí todos odiamos a la yuta, no hay quien no tenga algún pariente muerto por la policía o preso, ellos son nuestros enemigos.

La primera vez que fui al taller pensaba que nos iba a dar una charla sobre algún poeta argentino y en lugar de eso se la pasó todo el tiempo hablando sobre la voz, y dijo que el poeta escuchaba voces, y que nosotros cuando leíamos poesía teníamos que sentir esa voz en el poema. A mí me hizo levantar y pasar al centro de la clase, y me pidió que leyera un poema de un libro que me entregó. Me dio una vergüenza bárbara, yo soy el jefe, ¿qué hacía ahí entre mujeres leyendo en voz alta? A Marcos le gustó mi voz, y dijo que leyera pausadamente, era un poema de Vallejo que después me aprendí de memoria, "Los heraldos negros". Lo leí una vez y me preguntó si escuchaba la voz, si entendía de qué hablaba el poeta cuando decía "hay golpes en la vida, tan fuertes, yo no sé...". Yo le dije que sí, que lo entendía, porque sabía lo que era sufrir. La cuestión que me hizo repetir la lectura en voz alta dos veces más, y al terminar la última lectura, en la parte que dice "golpes como del odio de dios, como si antes ellos, la resaca de todo lo sufrido, se empozara en el alma...yo no sé..." ya no me salía la voz de la angustia y me empezaron a brotar lágrimas de los ojos y no pude seguir. Marcos se dio cuenta de lo que me pasaba, vino y me abrazó fuerte. Todo el grupo del taller estaba transfigurado y tenía un nudo en la garganta. Después de eso ya nunca más pensé que los poetas eran maricas; están más allá de nosotros y nos traen sentimientos del otro mundo; están, creo, cerca de dios, su espíritu nos llega y no podemos evitarlo. Marcos me dijo que yo lloraba porque era una persona de fe y había sufrido, que no tuviera vergüenza. No entendí bien lo que quería decir con "persona de fe" en ese momento, pero después lo fui comprendiendo. Sé que soy un delincuente, tengo las manos sucias de sangre. Sin embargo, soy capaz de jugarme por los que quiero, y una vez le salvé la vida a María.

Yo pasaba frente a la casilla de ella y oí gritos pidiendo ayuda. Abrí la puerta y vi lo que estaba pasando. Un hombre corpulento, en calzoncillos, estaba castigando a María con un cinturón que tenía una hebilla grande. María estaba acurrucada en su cama, desnuda y tenía todo el cuerpo lastimado y marcado por la hebilla. Gritaba y se cubría la cara. El hombre se volvió hacia mí y me hizo frente. No lo conocía, no era de nuestra villa miseria, quizá fuera de la 21, con la que habíamos tenido ya varios encontronazos. Los de la Villa 21 se creían más bravos que nosotros, nos trataban de villeros Gucci, porque vivíamos en Retiro. El hombre era mucho más grande que yo, que soy bajo y no muy fornido. Me dijo que me fuera o que iba a cobrar. Yo no le tengo miedo a nadie, y los grandotes no me asustan. Lo insulté y lo desafié. Saqué del bolsillo mi navaja y la abrí. El grandote había dejado su campera sobre una silla, vi el bulto de un revolver y pensé que lo iba a agarrar, pero no, era un guapo de ley y sacó una navaja. Me quería enfrentar de igual a igual. A mí me hirvió la sangre, pero sé que nunca se pelea, cuando la vida está en juego, con la cabeza caliente. Soy de los que mantienen la sangre fría en los peores momentos, y eso me ha salvado la vida muchas veces. El hombre vio que yo era más joven y más ágil que él y se me vino encima para probarme. Me hice a un lado con facilidad y le tire un tajo que le dejó una marca fina de sangre en su costado. El grandote se la tomó en serio, vio que se la tenía que ver con alguien experimentado. Fue a la silla donde estaba su campera, le sacó el revólver del bolsillo interior, lo puso encima de la mesa y se la envolvió en el brazo izquierdo. Yo seguí las reglas también, no soy un taimado y me gustan los hombres de coraje. Vi una toalla grande sobre la mesa y me la envolví en el brazo. Ahora estábamos parejos.

María miraba la escena con horror, no se animaba a moverse de la cama. Los dos nos balanceábamos en nuestras piernas y nos movíamos con cuidado. El hombre tiró un puntazo hacia María que se hizo un ovillo en la cama, y le dijo que en cuanto me arreglara a mí ya iba a saber quién era. La trató de guacha y de puta y le gritó que le iba a abrir la panza. Yo no dije nada, para qué. Allí se trataba de matar o morir. El hombre no era de los que corrían, ni yo tampoco. Se me vino encima e hizo brillar su navaja frente a mis ojos. Inteligente, la empuñaba como un cuchillo. Los argentinos no peleamos a la española, para nosotros la navaja es como un facón pequeño. Han pasado muchos años desde que los gauchos recorrían Buenos Aires, pero lo llevamos adentro, en el instinto. El hombre me adelantaba el antebrazo envuelto en la campera y se preparaba para entrarme con fuerza. Sus brazos eran más largos que los míos, yo procuraba mantener la distancia. Como era pesado, vi que si esa situación continuaba por un rato se cansaría y podía perder la concentración.

Empecé a hablar para distraerlo mientras me movía de un lado a otro. Pero el hombre sabía pelear y no se descuidaba. Se me vino al humo y yo retrocedí sin mirar y trastrabillé. Sin saber cómo, de pronto estábamos los dos en el suelo, el hombre encima de mí. Yo le sujeté el brazo armado, pero era más fuerte que yo. Él tenía mi brazo derecho bien agarrado y los dos forcejeábamos. Creí que había llegado mi momento final, pero algo pasó. María, que estaba aterrada en la cama mirando todo, se levantó de golpe, agarró la silla, la levantó y la descargó con fuerza en la espalda del grandote. Sus músculos se aflojaron, yo me deslicé a un costado y me coloqué encima de él. De un tajo le hice soltar su arma. Después le acerqué mi navaja a su cuello. El hombre hacía morisquetas y me mezquinaba el cogote. Con sus manos quería sacarme el brazo. Yo le empecé el hundir la navaja filosa en la piel. En seguida llegué a la yugular. Se le revolvían los ojos. Se aflojó todo y la sangre empezó a salir a borbotones. Lo había degollado, el hombre estaba muerto. El piso de la casilla era de ladrillo, y le habían pasado una capa fina de cemento encima. Tenía varios agujeros y por allí se escapaba la sangre.

Me levanté, todo ensangrentado. María vino a mí, me abrazó y se puso a llorar. "Me salvaste la vida - me dijo - ese tipo me iba a matar". "Y vos la mía - le respondí - si no me lo sacabas de encima soy cadáver ahora". Llamé a los muchachos de mi banda y quedamos en tirarlo esa noche en el Riachuelo, frente a la Villa 21. Así lo hicimos, lo llevamos en un auto robado. El grandote no tenía documentos. Martín le cortó el dedo y le quitó un anillo grande de oro que llevaba. Pedro, de un tajo, le abrió la panza y le sacó los intestinos para que no flotara. Subimos encima del puente ferroviario y lo dejamos caer. Vimos cómo se hundía en el Riachuelo.

Después de eso María siempre me venía a ver, o me pedía

que fuera para su casilla. Ahí hacíamos el amor. Estaba agradecida, y me dijo que si quería podía darme parte de lo que ganaba. Yo le dije que no era gigoló, robaba autos, no necesitaba sacarle plata a una mujer indefensa para vivir. Soy criollo le dije. La cuestión que nos veíamos seguido, pero yo no estaba enamorado de María. Hacía el amor muy bien, tenía un cuerpazo, pero eso era todo. Al tiempo me empezó a aburrir. Cuando supe que Marcos estaba enamorado de ella me fui apartando. Marcos era mi ídolo. Primero, porque me invitó al taller, y yo, que soy un bruto, empecé a sentir la presencia del espíritu en la poesía. Y después, por lo que pasó con mi hijo, que casi se muere. Él lo salvó.

Le voy a contar cómo nos dimos cuenta que Marcos podía curar. Un día en un robo llegó la cana y nos empezaron a tirar. Contestamos el fuego y herimos a uno. Pudimos escapar porque teníamos un auto rápido, pero el Lombriz se llevó un balazo en el estómago. Volvimos a la Villa 31 con el herido y lo mandé llamar a Marcos. No lo queríamos llevar a ningún hospital porque nos venderían. Le dije a ver qué se le ocurría para salvarlo. Lo miró bien, estaba mal herido, y propuso llevarlo a lo de su primo, que era médico. Este lo tuvo que operar en seco, sin anestesia, le hizo un corte y le sacó la bala. Regresamos con el herido a la villa miseria y lo escondimos en una casilla. Estuvo con fiebre y delirando varios días. Marcos lo cuidaba, le daba antibióticos, lo llamaba a su primo por teléfono y seguía sus indicaciones. El Lombriz sobrevivió. Marcos se la jugó.

El Lombriz pensó que no se salvaba de esa, y que le debía la vida a Marcos, más que a su primo. Decía que Marcos tenía un halo especial y que lo había sanado con su presencia, con su aura. Cuando le cambiaba las vendas sentía una mejoría inmediata. Yo, al principio, pensé que divagaba el Lombriz, pero la herida le sanaba rápidamente. Un día, antes de venir Marcos, yo vi que estaba roja e inflamada. Al rato llegó él, limpió la herida con alcohol, y cuando se fue la herida estaba bien, la cicatriz ya casi ni se notaba. Yo no sabía a qué atribuirlo. El Lombriz era un tipo raro, se la pasaba rezando. En mi banda no hay gente común, yo los recluté porque les vi condiciones. A lo mejor el Lombriz tenía un santo que lo protegía, pero él decía que había sido Marcos. El Lombriz es temerario, se pensaba que no le podían hacer nada, que era invulnerable a las balas. Para tirar se paraba y exponía el cuerpo, por eso es que lo hirieron. Es un tipo con fe.

Yo también tengo fe. Le podrá parecer raro. Yo estuve encerrado dos años. En la cárcel es donde vi más gente creyente. Allí todos rezan y hablan con dios. El encierro y la miseria enseñan mucho. En la villa miseria la fe nos mantiene vivos. Aquí no tenemos futuro. Estamos más cerca de dios que los otros, él es el único que puede protegernos y perdonar todas las cosas malas que hacemos. Yo no quería ser ladrón, de chico soñaba con ser cantante. Mi madre siempre me pedía que anduviera derecho, pero me dejé arrastrar y después fue tarde. Cuando me pusieron un arma en la mano y gatillé ya estaba de este lado. Me hice jefe porque tengo talento para eso. Sé mandar, tengo la cabeza fría y los demás me respetan. Ayudo y me juego por los míos. Jamás abandono a uno en las malas.

Marcos no se sentía bien. Le habían dado un tratamiento para dejar la droga, pero la adicción era demasiado fuerte. Tomaba un pastillerío de anfetaminas baratas y de vez en cuando aspiraba coca. También se inyectaba ácido. Después de eso le empecé a conseguir coca de calidad que no le cobraba y él me agradecía. Se quedaba encerrado en su casilla por días, soñando.

Asistí varias veces a su taller de poesía. Leíamos muchos poemas sobre el dolor, sobre dios, sobre el amor, y las cosas que decía se me quedaban en la cabeza. Una vez soñé que se me aparecía Cristo y me miraba con ojos doloridos. Tenía un rictus especial en su boca, como de goce o éxtasis, y me extendía sus manos ensangrentadas. Yo sabía que esa era la sangre que yo había derramado y él me quería salvar. Yo no decía nada, y comprendía que me había perdonado.

El Lombriz corrió la voz de que Marcos era sanador. La gente empezó a llevarle sus enfermos. Marcos no entendía bien cómo pasaba lo que pasaba. Era un hombre lleno de dudas. Yo pienso que Dios estaba velando por nosotros, y lo eligió para ayudarnos. No sé por qué lo eligió a él. Creo que no estaba preparado. Yo vi como sanaba. Él quedaba consternado después de cada sanación. Le llevaban chicos y ancianos enfermos. Les tocaba la frente, les hablaba, y al día siguiente estaban bien. Un día llegó un señor rengo con muletas, Marcos pensó que se había caído, y puso su mano sobre su frente. El hombre apoyó el pie bien y empezó a caminar. Marcos le preguntó a su acompañante que qué le había pasado, y le dijo que estaba paralítico desde los diez años. El hombre se fue caminando, llevando las muletas en la mano. Yo sé que es cierto porque yo había visto muchas veces a ese hombre en la villa y conocía a su familia. Siempre pedía limosna en la estación de trenes.

Los blancos no nos entienden a los villeros. Creen que somos gente sin corazón. Piensan que porque robamos y andamos en cosas malas (aquí hay mucha droga, prostitución), somos bárbaros, gente sin fe. Pero no, somos como ellos o mejores. Tenemos más fe nosotros que ellos. Ellos no saben lo que es sufrir. Uno puede matar, yo lo he hecho, pero no por eso soy peor que ellos. Matar no es difícil, y luego de matar uno empieza a sentir una culpa que lo lastima, y le remuerde la conciencia. Lleva uno siempre esta culpa, nadie puede estar orgulloso de haber matado.

Yo había tenido un hijo hacía dos años con una piba de la villa miseria, una piba joven, de 16 años. Parecía más grande, porque estaba fuerte. Todo el mundo me la envidiaba, tenía unos pechos hermosos, y caminaba con gracia, moviendo las caderas. No era tan linda de cara, pero yo la quería bastante. Ella vivía en una casilla con su papá y su hijo. Yo les pasaba dinero. Cada vez que me iba bien en un robo, les llevaba algo. Ella me venía a ver seguido a mi casilla con el pibe, y se quedaba durante la noche. Le puso de nombre Juancito, y tiene mi cara, no puedo negar que es hijo mío.

Un día Elena, la madre de mi pibe, me dijo que Juancito había pasado toda la noche con fiebre, vomitando. Tenía miedo que se muriera. Quería llevarlo al hospital. Le dije que no valía la pena, que Marcos lo curaría. Ella no quería, le tenía desconfianza. Al final lo llevó al hospital y le hicieron exámenes. No le encontraron nada, pero la fiebre no cesaba, no podía comer, tenía diarrea. La verdad que se estaba muriendo deshidratado. No sé si lo habría agarrado algún parásito. Aquí en la villa miseria el agua es mala. Las mujeres hacen cola en las canillas públicas y la llevan a las casillas en baldes. Cuando falta, la municipalidad la trae en camiones cisternas. Muy pocos tienen agua corriente en la Villa 31.

Juancito lloraba, le dolía mucho el estómago. Elena estaba desesperada, y yo también, porque amo a mi pibe. Para mí es lo más grande que hay. Al otro día lo llevé a lo de Marcos. Me arrodillé frente a la casilla y lo empecé a llamar en voz alta. No sé por qué lo hice, algo me decía que estaba bien así. La gente que pasaba me miraba sin acercarse. Me tenían miedo. La puerta se abrió y apareció Marcos. Enseguida entendió. Le puso una mano en la frente a Juancito y se puso a rezar. Levantó los ojos al cielo. Los vecinos se fueron acercando y nos rodearon. Marcos me tocó la cabeza y dijo, llevátelo, está curado. Todos se arrodillaron en silencio. Yo lo llevé a mi casilla y me quedé todo el día con él. La madre vino a la tarde y Juancito respiraba con naturalidad. Al día siguiente estaba bien, se reía, se levantó y se puso a jugar. Fui a la casilla de Marcos, me hinqué frente a su puerta y le di las gracias a dios. Marcos salió, le dije que mi hijo estaba salvado y que pidiera lo que quisiera, que yo le debía la vida de mi hijo. La gente miraba asombrada. Marcos me dijo que no le debía nada, que no había sido él el que lo había salvado sino dios, y que me fuera tranquilo. Así lo hice. En la noche los vecinos pusieron velas frente a la casilla de Marcos. Varias señoras se arrodillaron frente a su puerta y rezaban en voz alta. Al rato pasó el cura, miró la escena con disgusto, pero no dijo nada y se fue en dirección a la capilla.

Durante los días siguientes le llevaron enfermos de distintas edades. Su popularidad se fue extendiendo fuera de la Villa 31. Muchos sabían que curaba. El milagro más grande que hizo Marcos, como ya dije, fue sanar a un paralítico. También le trajeron a un bebé muerto para que lo resucitara, pero no lo logró.

Con la llegada de los extraños empezaron nuestros problemas. Muchos nos envidiaban y nos deseaban el mal. Los de la 21, sobre todo. Pensaban que nos creíamos mejores, porque ellos vivían junto al Riachuelo, en la basura, y nosotros en Retiro. La verdad es que éramos todos iguales, todos pobres y miserables. El que no nació en la pobreza, como Marcos, se vuelve pobre aquí. Somos como sub-hombres, mitad hombres, mitad animales. Solamente dios puede elevarnos, y por eso creo que nos eligió y nos mandó a Marcos, como prueba de que nos ama.

Yo algunas veces he pensado en meterme a predicador o hacerme cura, aunque parezca mentira. Una vez hablé con el padre de la villa miseria y se lo planteé. Le dije que había cometido muchos delitos, y le pregunté si Cristo podía perdonarme. Él me respondió que Cristo perdonaba a los que tenían fe, pero que ser cura era muy complicado, había que estudiar mucho, y yo había ido muy poco a la escuela. Me dijo que mejor ayudara a la gente, que diera dinero al comedor para los chicos cuando pudiera, cosa que siempre hago.

Nosotros sabíamos que los de la villa miseria 21 estaban preparando algo contra nosotros. Escuchamos rumores de que querían llevarse a Marcos, esconderlo, para que hiciera milagros para ellos. Al final lo secuestraron y ahora está muerto. Fueron ellos los que lo mataron, estoy seguro. Nos la van a pagar. Ya no tendremos otro Marcos. El padre me dijo que no nos venguemos, que dios no quiere más muertes, que mejor le construyamos una capilla con su nombre, en su memoria. Yo no me resigno. Lo secuestraron los de la banda del Alto, me lo dijo el Lombriz, y por lo menos el jefe la tiene que pagar. La capilla la vamos a construir, porque la gente de la villa miseria no lo olvida y será bueno ir a rezarle ahí. Ahora muchas señoras del vecindario venden estampitas de Marcos vestido de santo, con una túnica blanca. Juntan dinero para el altar. Dios mandó a un muchacho judío entre nosotros y nos dio muestra de su grandeza. A nosotros no nos importa que fuera judío. Era Cristo el que lo guiaba. El padre me dijo que eso prueba que dios nos ama. Él sabe que Marcos curaba, le consta que hacía milagros. Cree que Marcos fue el vehículo divino mediante el cual se manifestó la voluntad de dios.

 ## El cura de la villa

Marcos es un caso raro. Yo hace años que me vine a vivir a la villa miseria. Tuve que convencer al Obispo, un hombre muy político, para que aceptara mi pedido de traslado a la capilla de la Villa 31. Me decía que yo era un cura joven, con talento, y que haría una buena carrera en la curia, que había muchas posiciones importantes esperando para un cura como yo. Pero yo lo que quería era estar junto a los pobres en la villa miseria. Siempre creí que la pobreza redime, y vuelve mejor a la gente. Era un poco idealista e inocente, debo reconocerlo. Al tiempo de estar aquí me empecé a horrorizar de las cosas que veía. Al principio yo no quería tranzar con nadie, pero el que no negocia y se cree mejor que los demás aquí no sobrevive, ni siquiera siendo cura. Había algunos hippies que se habían venido a vivir a la villa. Eran jóvenes de clase media. Yo les llamaba los "exiliados". Eran marginados, casi todos drogadictos, gente con problemas mentales, como Marcos. Escapaban de algo, de la buena sociedad creo. Preferían vivir en la mugre. En el fondo eran como yo.

Yo buscaba a dios cerca de los pobres. Los exiliados buscaban otra cosa. ¿Qué? En el caso de Marcos creo que buscaba su salvación en el arte, en la poesía. Para él la poesía representaba algún tipo de verdad trascendente. No era un muchacho particularmente religioso. La poesía era lo único que le interesaba. Creía que el mundo de la literatura era autónomo y brillaba allá arriba, con una fuerza espiritual propia. Le gustaba meditar y no hacer nada, era una especie de gurú perdido en la basura de Sud América. Los que le pusieron "Mesías" de sobrenombre creo que acertaron. Se engañan los que lo quieren considerar santo. Sí creo que dios lo eligió para manifestarse entre los pobres. Aunque al principio me resistí con rabia e incredulidad, que dios me perdone. Aún me resulta extraño aceptar este caso. Porque dios lo eligió a él, un muchacho judío bastante común. De no haber sido por su drogadicción no hubiera venido a la villa miseria. Su relación con María era enfermiza: María es una prostituta. Yo luché para que dejara esa vida y saliera de la Villa 31, pero aún no lo logré. Insisto en que este caso es un gran misterio: Marcos era un muchacho de clase media, que le gustaba la literatura, como a tantos otros. Ahora que lo asesinaron los demás le atribuyen virtudes imaginarias. Era uno de esos jóvenes que se creen superiores porque han leído unos pocos libros. Me consta sin embargo que sufría, y quizá eso pueda redimirlo. Quisiera que nos fuéramos olvidando de todo esto y la vida volviera a lo que era antes.

Marcos se metía en problemas. Lo tuve que defender. Un día me mandó a llamar el Obispo, y me preguntó cuál era mi relación con el judío impostor que curaba. Yo le dije que ninguna, que era un pobre muchacho drogadicto. Me preguntó si le ayudaría a denunciarlo por mala práctica de la medicina, para que lo llevaran preso. Yo le dije que sería un gran error hacer eso, porque los villeros lo querían y lo creían un santo. Le demostré que sólo era un pobre tipo trastornado, y que no había motivos para preocuparse. No le hacía mal a nadie. El Obispo me preguntó si realmente curaba, si yo pensaba que curaba. Me quedé en silencio.

– ¿Ud. lo vio curar? - insistió el Obispo.

Bajé la vista y le respondí que sí.

– ¿Cómo cura? - me dijo.

Le expliqué que decía unas palabras y le ponía la mano en la frente a los enfermos. Me preguntó si sabía dónde lo había aprendido y si recibía dinero por lo que hacía. Le dije que no sabía dónde lo había aprendido, pero que no cobraba, aunque muchos le llevaban cosas, comida y botellas de cerveza. Le conté lo del paralítico, porque todos hablaban de eso. El Obispo me dijo que no era posible. Yo le respondí que el Cholo, amigo de Marcos, lo había visto.

– ¿Y quién es el Cholo? - me preguntó el Obispo.

Le dije que era un ladrón muy conocido en la Villa.

– ¿Y Ud. le cree a los ladrones? - me censuró.

La cuestión que el Obispo se disgustó conmigo, quería que lo vigilara y consiguiera más información. Pero yo no estaba en la villa para ser vigilante. No es mi trabajo. Mi misión es ayudar a los pobres, acercarlos a Cristo.

Para el que nunca vivió en una villa miseria es difícil entender esta situación. La villa miseria es como un pueblo, como una aldea dentro de la ciudad. Aquí los pobres se sienten protegidos, la policía no entra fácilmente. Para los que viven en la villa, la ciudad es un territorio peligroso. Es el lugar donde se ganan la vida en condiciones penosas. No es que la villa miseria sea un lugar fácil, pero la gente es bastante solidaria, gracias a eso sobreviven. Se ayudan todo lo que pueden. Hay mafiosos que operan dentro de la villa, es cierto, pero son una minoría. No se puede acusar a todos por los delitos de unos pocos.

Los de la pandilla del Cholo cambiaron mucho después que conocieron a Marcos, y terminaron reverenciándolo. No quiero decir que sean buenas personas o que sean inocentes. Son unos delincuentes. Pero Marcos ayudó a que se acercaran a dios. No puedo negarme a que construyan una capilla aquí y la nombren San Marcos. María cree que Marcos verdaderamente amaba a Cristo. Su argumentación no me resulta muy convincente. Dice que fue Vallejo el que le enseñó el verdadero sentido del cristianismo. A mí nunca me lo manifestó de manera directa, aunque hablamos muchas veces.

Yo estoy disgustado con esta situación y si esto no cambia pediré al Obispo mi traslado. Yo he practicado la caridad cristiana viviendo entre villeros. No he venido a la villa a hacer política. Reconozco que Marcos era compasivo como un cristiano y amaba a la gente, pero no me consta que quisiera convertirse al cristianismo. A la gente de la villa poco le importa lo que él era o quería, lo vieron curar. María dice que dios curaba a través de él. Fue un elegido de dios. La verdad que esto nos crea un verdadero problema doctrinal. Todo hubiera sido más fácil si hubiera sido católico. Encima lo asesinan, y todos lo consideran un mártir. Quizá María, que lo conoció mejor, debería testificar ante el Obispo. Si cree que se había convertido al cristianismo, debe demostrarlo.

 ## Facundo, el puntero peronista

En un principio no me interesaba la política. En la villa miseria me hacía respetar y me tenían miedo. Me había hecho fama de guapo. Yo era el que organizaba los partidos de fútbol. Aquí se juega al fútbol por plata. Organizamos partidos contra equipos de otras villas miserias. Se apuesta fuerte. Tenemos muy buenos jugadores, y no permitimos que los clubes grandes nos los roben. Si se los quieren llevar, tienen que pagarnos. Tenemos nuestra propia barra brava. Yo soy el jefe. Lo máximo para nuestros muchachos es entrar un día en Boca. Aquí somos todos boquenses, igual que los de la Villa 21. Yo soy el que nombra al director técnico todos los años. Al director técnico se le paga un buen sueldo y ocupa gratuitamente una casilla de material en la villa.

Los de la Unidad Básica de Retiro se fijaron en mí y me vinieron a hablar. Querían que hiciera de puntero y llevara a votar a la gente en las elecciones. Me dijeron que tenía liderazgo y debía aprovecharlo para ayudar al pueblo. Lo primero que hice fue recaudar fondos. La política depende de la plata, y si uno no demuestra que tiene apoyo local ni siquiera puede abrir la boca. Yo hablé con los jefes de las bandas de narcotraficantes y de ladrones que tenían a la 31 como "base de operaciones". Algunos colaboraron por compromiso y otros, como el Cholo, que me aprecian y son amigos míos, apoyaron la idea de que me metiera en política.

La banda del Cholo se dedica al robo de vehículos. Los entregan en los desarmaderos fantasmas de Villa Domínico y les sacan bastante plata. Hacen buen negocio. La policía ha agarrado a varios de sus hombres, que están presos, pero ellos siguen, no tienen miedo. Eso es típico de esta Villa: los de la 31 somos valientes. A mí me llaman Facundo, pero mi verdadero nombre es Alberto. El cura me empezó a llamar Facundo y el nombre me quedó. Dice que me parezco a Facundo Quiroga, que soy bravo como él. Todo empezó un día que se organizó una pelea barrial a cinco rounds contra un tipo de la Villa 21 que decía que era invicto y nunca le habían ganado. Yo peleé por la 31 y lo molí al otro, le di tantas piñas que lo dejé medio tonto. Me había entrenado mi vecino, que de joven fue boxeador profesional. En esa pelea se apostó fuerte, y con lo que gané viví varios meses sin hacer nada. Los de la Unidad Básica fueron a ver la pelea y fue allí que me conocieron.

En la villa miseria operaban otros partidos, sobre todos los comunistas y los de Macri, pero los peronistas tenían mayoría. Los de la Unidad Básica me eligieron a mí porque necesitaban un buen puntero, ya que el viejo Núñez, que era el puntero anterior, había caído preso por robar material para la construcción de un depósito del gobierno. Garabito, uno de los líderes de la Básica de Retiro, me llamó a su despacho.

Lo había impresionado el respeto que me tenían en la villa miseria, y cómo me relacionaba con las bandas. Me prometió bastante. Me dijo que me podían conseguir escrituras de varios terrenos de la villa, y que yo iba a recibir una parte en su venta. Ya eso era algo serio y tenía futuro. Me imaginaba propietario de varios terrenos. Hice una reunión con la gente influyente de la villa miseria. Llamé a los jefes de las bandas y a los comerciantes que tienen puestos, mercaditos, almacenes, panaderías. Tuve un apoyo unánime, y enseguida empezó a correr el dinero.

Formé nuestra propia Unidad Básica en la 31. Me nombraron Presidente. Recaudábamos una cuota de los miembros y repartíamos planes. Los vecinos que no tenían trabajo nos pedían ayuda. A cambio yo los llevaba a todas las manifestaciones que hacía el Partido. El jefe del distrito me llamaba y me decía: hoy cortamos la 9 de Julio, hoy vamos a la Plaza de Mayo, hoy apoyamos a los camioneros que hacen un paro y nosotros, siempre solidarios, allí íbamos. Cuando hacíamos actos en la villa miseria el jefe del distrito de Retiro venía a apoyarnos. Nos había prometido que iban a pavimentar las calles principales y nos iban a poner cloacas. Parece que va a tomar un poco de tiempo, pero, a la larga, lo van a hacer. Los peronistas lo podemos todo. Somos un partido invencible.

Yo me crié en el Chaco y sé lo que es sufrir, lo que es pasar hambre. Vine a Buenos Aires de adolescente. Primero viví en un conventillo con mis viejos en La Boca. Después me escapé de mi casa y me vine para la villa miseria. Siempre hacía changas. Yo no robaba. Un político me dio trabajo de guardaespaldas, porque yo no le tenía miedo a nadie. De chiquito ya me gustaba pelear. Me agarraba a piñas con todos los pibes en el pueblo. Me tenían miedo y ya ninguno quería pelearme. A veces les decía que se animaran, que si me ganaban les pagaba. Pero no se tenían confianza. Mis piñas eran como pedradas, les dejaba toda la cara arruinada. Para pelear lo más importante no es la fuerza, es la determinación. El no achicarse. Eso uno lo aprende de los criollos. El no bajar la cabeza. Aquí en la Villa 31 hay mucha gente así. El Cholo es uno, ese pibe va a llegar lejos. ¿Ud. Sabe que canta cumbias? Marcos le enseñó a escribir canciones y poemas. Es un tipo simpático y tiene alma de romántico. Algún día va a formar su propio grupo musical y ganará dinero con la música.

Pensé en invitarlo a trabajar conmigo en la Unidad Básica, proponerlo como concejal, pero no me conviene meter ladrones. Me pudriría a la gente. Si alguna vez deja de robar, antes de que lo encierren o lo maten, va a poder hacer carrera en la política. Tiene voluntad, tiene instinto. Andar en la política no es fácil. Dicen que los políticos aprendemos, pero no es cierto. Nacemos para esto. Yo me convencí al poco tiempo de meterme en la política que esto era lo mío. No lo sabía, pero yo nací político. Me gusta estar con la gente, dirigir. Antes quería dominar, hoy prefiero ayudar. El cura me aprecia, y también las mujeres del comedor para chicos. En la villa miseria somos mucho mejor de lo que se creen, somos solidarios, si no, no podríamos sobrevivir.

Pero Ud. me preguntaba de Marcos. Perdone que me haya ido por las ramas. Lo que pasa es que puedo agregar poco. ¿Qué quiere que le diga? Ya todo el mundo sabe de Marcos. Yo no puedo afirmar ni negar. Darle mi opinión sí puedo: todo lo que se dice de él es cierto. Vino aquí por la droga, estaba perdido. Pero después que conoció a María, cambió. Ella lo salvó. Ella hacía la calle para traerle plata y comprarle anfetaminas. Ella ponía el cuerpo para que él estuviera ahí tirado. Ella también se drogaba, pero menos. El tenía un vicio fuerte. Se pasaba los días perdido, tirado en la puerta de su casilla, todo sucio, sin comer. Miraba a la gente como si viera pasar fantasmas. María, con la ayuda del cura, lo metió en un programa de metadona para sacarlo de la droga. Yo no sé si María lo quería como mujer, ella es mucha mujer para él, yo creo que se había encariñado porque lo veía débil, era como su hijo, lo protegía, le tenía lástima. También lo admiraba porque era poeta.

Cuando empezó a dar clases de poesía se hizo famoso. Le sacaba la gente al cura, ya nadie quería ir a la capilla a estudiar la Biblia. Las mujeres preferían ir a la clase de poesía. Decían que sus poesías siempre hablaban de dios. Yo fui a una, invitado por ser el jefe de la Unidad Básica. Leyó la poesía de un tal Vallejo, y la verdad que sí me impresionó. El poema hablaba de un muchacho que se enamoraba de una chica, y decía que ella se había crucificado a él, se abrazaba a él como a una cruz. Cuando él leía había gente que lloraba, eso es lo que más me impresionó. Yo nunca vi llorar a nadie en la capilla, pero en esa clase de poesía lloraban.

Entonces empezó todo eso de las curaciones. Un día hirieron gravemente a un hombre del Cholo. Cuando balean a alguien de la villa miseria nos arreglamos como podemos. A veces las enfermeras del dispensario médico ayudan. Si los llevamos a un hospital público fuera de la villa miseria los denuncian y van presos. El Cholo fue a pedirle ayuda a Marcos y este llevó al herido a lo de un primo de él que era médico. Le sacó la bala, pero así y todo se estaba muriendo. Parece que Marcos empezó a rezar y el herido se salvó. Ud. sabe cómo es en la villa, las noticias corren. Después, una señora llevó a su hijo, muy enfermo, para que lo curara, y el chico se recuperó. De allí en más fue como un reguero de pólvora. También curó al hijo del Cholo. Ya la gente hacía cola para traer sus enfermos, y hasta lisiados. Él no cobraba nada ni aceptaba dinero, pero le llevaban regalos. Si era comida se la daba a las madres del comedor. Ahí se armó lío con el cura, que la verdad le tenía envidia. Después se hizo amigo de él, y lo aceptó, porque él también empezó a creer en Marcos. El único que no creía en Marcos era Marcos, en el fondo nunca dejó de ser un drogadicto, aunque ya no se drogara tanto. Tenía la cabeza medio volada. El poder a él le venía de afuera. Era como si una mano mágica, un ángel, lo hubiera tocado. Él no era más que el instrumento. Como era judío al principio nadie se animaba a decir que era santo. Le decían el mesías.

Pero después que curó al paralítico, que se fue caminando, ya todos decían que era santo.

Empezó a venir gente de afuera para que los curara, y eso fue lo que nos perdió. De no haber sido por eso hoy no estaría muerto. Los que no son de esta villa miseria nos quieren ver sufriendo, cuando estamos en la mala disfrutan, y si algo bueno nos pasa buscan la manera de jodernos. Eso es lo que ocurrió con los de la Villa 21 de Barracas. La verdad es que somos rivales. Un partido de fútbol entre ellos y la villa nuestra es como una final de Boca y River. Cuando supieron que teníamos un santón que curaba empezaron a enviar gente a ver si era cierto, y después se organizaron para robárnoslo. Ya sabe cómo fue, lo secuestraron. A los pocos días lo encontraron muerto. El Cholo dice que sabe quién lo mató. Se habrá negado a quedarse a vivir con ellos en la 21, o a lo mejor lo pusieron a curar y allá no pudo. Quizá sólo podía curar aquí, era un don que dios le había dado sólo para que sanara en la Villa 31.

El cura me preguntó si yo iba a colaborar para construir una capilla en la villa, que se va a llamar San Marcos, en honor a él. La gente quiere enterrarlo allí, para que se lo pueda adorar como se debe. Yo estoy de acuerdo y le dije que sí. Nos hace falta un santo nuestro. El cura me aseguró que Marcos había tenido una transformación profunda, un día hablaron de Cristo y le dijo que creía en él. No sé si será cierto, da lo mismo, ya nadie va a convencer a los de la Villa 31 que Marcos no es un representante de Cristo en la tierra.

 ## Sergio, el padre de Marcos

Me mataron a mi hijo mayor. Para mí es el final de todo, ya la vida no tiene sentido. Fracasé como padre, no me lo voy a perdonar nunca. Me quedé viudo cuando mis hijos eran chicos, los crie lo mejor que pude. Marcos era un pibe tranquilo, tímido. Le gustaba mucho ir a la sinagoga conmigo. Yo nunca fui un individuo muy creyente, soy un judío liberal, pero siempre respeté mi religión y asistía a los servicios con mi familia. De joven era sionista. El rabino de mi sinagoga me aprecia. Tengo casi sesenta años. Mi generación fue muy rebelde, queríamos hacer la revolución. A los veinte años apoyé a los Montos, habían unido el nacionalismo al marxismo, pero después que murió Perón sufrimos una derrota terrible, fue una carnicería. Los dirigentes no habían entendido bien al pueblo argentino. Yo dejé la política, me metí en el negocio de mi viejo, soy un buen judío, ayudo a la comunidad.

Mi colectividad ha padecido lo indecible, entendemos el dolor humano. Yo no condeno a mi hijo. Me dicen que renegó del judaísmo, pero sé que no es cierto. Que le gustara Cristo no me extraña, ¿a quién no le gusta? Enseñaba el amor y la compasión, que es lo que todos necesitamos. Los judíos vivimos esperando que nos liberen. Para mí Cristo no era el verdadero mesías. Que ahora llamen mesías a mi hijo me resulta ridículo. La gente de la villa miseria es muy fantasiosa. Y que lo consideren un santo me parece una barbaridad. Aseguran que sanaba, no lo sé, ¿no estaremos retrocediendo y volviendo otra vez a la barbarie?

Este país es algo curioso, siempre nos debatimos entre la civilización y la barbarie. Yo elijo la civilización, por eso de joven era revolucionario. Marx sabía que la sociedad iba a seguir evolucionando. Un día todos seremos libres. En ese mundo, las luces, la razón, la historia, van a ser más importantes que la religión. María, la novia de Marcos, asegura que en la villa se hizo muy religioso. María es una mujer de oficio dudoso, no la considero honesta. ¿Qué hace viviendo en la villa miseria? Sus padres son ricos. Dicen que está escribiendo un libro sobre Marcos y que defiende la idea de que era un santo. Lo único que falta es que mi hijo, un judío que nunca renegó de su religión, resulte canonizado.

María se contagió de la barbarie de la Villa 31. Ella influyó en Marcos. Lo fueron cambiando. Sarmiento no decía civilización o barbarie, él decía civilización y barbarie, en este país conviven las dos cosas. Yo nunca lo acepté, yo apuesto por la civilización, como muchos argentinos. Mi hijo descreía de los valores de la sociedad moderna y se fue a vivir a la villa miseria. ¿No habrá sido la influencia del populismo peronista? Exaltan al pueblo de manera desmedida, y... ¿qué es el pueblo? ¿Yo no soy pueblo acaso?

En un principio yo le eché la culpa a la droga por todo lo que le pasaba a Marcos. Le pedí que se fuera de casa...no podía aceptar que mi hijo fuera un vago y un drogadicto. Siempre me robaba plata, compraba cosas con mis tarjetas de crédito falsificando mi firma. Se la pasaba encerrado en su cuarto. No quería trabajar. Le gustaba leer, eso sí, es herencia de familia. Siempre hemos sido buenos lectores, intelectuales, como gran parte de la comunidad judía. Para nosotros la educación es lo más importante. Por eso no puedo aceptar la barbarie de la villa miseria, que los peronistas fomentan.

Marcos se fue a vivir allí porque en el fondo me odiaba... Quiso castigarme porque lo eché de casa. ¿Pero... que iba a pasar con mi hijo menor si él no se iba? Hice lo que pude para que dejara la droga. Había sido un buen estudiante de letras. De chico quería ser escritor. Lo mandé a un sicólogo después que murió la mamá, pero me decía que no lo entendía. Lo cambié a otro psicólogo de la colectividad. Tampoco quiso seguir. Nunca encontró un analista que le viniera bien. El psicoanálisis lo hubiera salvado. Lo interné en una clínica para que lo desintoxicaran, pero se escapó y volvió a drogarse.

Cuando se fue de casa siempre temí que un día pudieran encontrarlo muerto. El mundo de la droga es un infierno. Y en la villa miseria se fue a juntar con María, también drogadicta, un alma gemela a la suya. Estudiante de antropología. Su familia es de la oligarquía de Barrio Norte. La han negado completamente. Para ellos María está muerta. Lo de la droga podría pasar, pero saben que es puta, todo el mundo lo dice. Y vivir en la villa miseria es lo último que podía hacer.

Me dijeron que María odiaba a su madre. Ese es el origen

del problema para mí. Yo creo que Marcos también me odiaba. No sé por qué, siempre hice todo lo que pude por mi familia. Se volvieron contra sus padres, como si fuéramos unos monstruos fascistas. Así somos los argentinos, nos rebelamos contra la autoridad, no importa cómo sea. Somos un país adolescente, pero... ¿por qué me tocó a mí pagar este precio? ¿Por qué a mí? Perder un hijo, es lo peor que podía pasarme. Que dios me perdone, pero no lo entiendo.